ANNIE WEST

La trahison d'un Italien

Traduction française de
ANNE-LAURE PRIEUR

AZUR

HARLEQUIN

Collection : Azur

Titre original :
RECLAIMING HIS RUNAWAY CINDERELLA

HARPERCOLLINS FRANCE
83-85, boulevard Vincent-Auriol, 75646 PARIS CEDEX 13
Service Lectrices — Tél. : 01 45 82 47 47 - www.harlequin.fr
ISBN 978-2-2804-9068-9 — ISSN 0993-4448

Composé et édité par HarperCollins France.
Imprimé en juin 2023 par CPI Black Print (Barcelone)
en utilisant 100% d'électricité renouvelable.
Dépôt légal : juillet 2023.

FSC www.fsc.org
MIXTE
Papier issu de sources responsables
FSC® C159065

Pour limiter l'empreinte environnementale de ses livres, HarperCollins France s'engage à n'utiliser que du papier fabriqué à partir de bois provenant de forêts gérées durablement et de manière responsable.

1.

Un murmure parcourut l'assemblée comme s'élevaient les notes familières de la *Marche nuptiale,* suivies par un froissement de tissu général. Tous les invités s'étaient tournés vers l'entrée. Cesare Brunetti attendait, les yeux fixés devant lui. Il rejouait dans sa tête la chaîne d'événements – certains prévisibles, d'autres moins – l'ayant conduit à cet instant. À cette cérémonie dans l'une des plus fastueuses cathédrales de Rome. Un soupir collectif s'éleva dans son dos. Son col le serrait et le parfum capiteux des arrangements floraux lui montait à la tête. Le prêtre lui adressa un discret signe de tête. Cesare comprit le message. Lentement, il se retourna, le regard happé par la silhouette s'avançant dans la nef centrale.

Les soupirs admiratifs prenaient tout leur sens. Ida Montrose semblait flotter, d'une grâce aérienne dans sa longue robe blanche de tulle et de dentelle. Un voile couvrait son visage et ses épaules, sous lequel flamboyait sa chevelure cuivrée. Les yeux de Cesare caressèrent l'arrondi des seins rehaussé par le bustier, avant de glisser vers une taille si fine que ses doigts frémirent à l'idée de la ceindre. La dentelle épousait étroitement les hanches, puis ondoyait dans un flot de tulle transparent donnant à la jeune femme des airs de mannequin de lingerie. Cesare sentit sa température grimper en flèche. Il imagina ses mains sur elle, effeuillant son corps pâle, le préparant à sa possession…

Bon sang, comme si c'était le moment de divaguer ! Il avait une cérémonie à accomplir, devant toute l'élite européenne rassemblée pour l'événement. Son regard se posa sur l'homme aux cheveux de neige donnant le bras à sa future femme. Fausto Calogero. Il bombait le torse, un sourire triomphant aux lèvres. Bien qu'exilé en Angleterre depuis des années, il saluait les membres de la noblesse italienne comme si lui-même en faisait partie. Cesare s'obligea à rester impassible. Que cette vieille crapule se pavane tant qu'elle le pouvait. Dès demain, les choses allaient changer. Il y veillerait.

Le duo s'immobilisa au pied des marches de l'autel. Cesare reporta son attention sur sa fiancée. Sa respiration inégale faisait frémir le voile autour d'elle et son bouquet de lys tremblait entre ses doigts. Mais elle se tenait droite, la tête haute. Les yeux fixés sur lui. Elle voulait ce mariage. Un sourire de pure anticipation incurva ses lèvres. Patience. Bientôt, son tour viendrait, et lui aussi obtiendrait exactement ce qu'il voulait.

Ida était exténuée. La journée lui avait paru interminable, d'autant qu'elle avait à peine fermé l'œil de la nuit. D'abord, il y avait eu l'inspection de son grand-père qui, parce qu'il finançait le mariage, s'octroyait le droit de tyranniser l'armée de stylistes, coiffeurs, maquilleurs et fleuristes engagés pour s'occuper d'elle. Ida n'avait pas osé donner son avis sur ce qu'elle aurait préféré. Ni souligner que sa robe translucide à doublure couleur chair la transformait en caricature de la mariée virginale que son grand-père avait en tête. On ne s'opposait pas à Fausto Calogero.

Puis s'était déroulée la cérémonie dans une somptueuse cathédrale Renaissance, devant une foule de gens très en vue qu'elle ne connaissait ni d'Ève ni d'Adam. Et enfin, la réception. Des heures à échanger des banalités courtoises. À regarder défiler des plats exquis sans y toucher. Elle était bien trop nerveuse pour avaler quoi que ce soit. Sa mâchoire l'élançait à force de sourire pour les photographes. Ses pieds aussi lui faisaient souffrir le martyre. Jamais elle n'avait autant dansé de sa vie. La plupart des invités ne cachaient même pas leur consternation : comment Cesare Brunetti avait-il pu épouser une fille comme *elle* ?

Mais, malgré sa fatigue, Ida ne songeait pas à dormir. Car elle se trouvait dans la suite nuptiale de l'hôtel le plus prestigieux de Rome. Et Cesare l'attendait dans la pièce d'à côté.

Elle frissonna. Pas de froid, mais d'excitation. Elle se sentait… oui, fébrile. Les pointes de ses seins tendaient le corsage de sa nuisette achetée spécialement pour l'occasion. Elle lissa de ses paumes la fine soie bleu marine sur ses cuisses. Le geste lui fit imaginer les mains de Cesare sur elle. Seraient-elles douces et caressantes, ou avides et possessives ? Une délicieuse tension s'installa entre ses reins. Elle croisa son regard dans la glace. Ses yeux verts luisaient de fièvre. Avait-elle bien fait de détacher ses cheveux ? Ils cascadaient sur ses épaules, et même cela avait quelque chose d'inexplicablement sensuel.

Embarrassée, elle enfila le peignoir assorti et noua la ceinture autour de sa taille. De quoi au moins cacher ses tétons durcis. Mais n'était-ce pas futile ? Cesare aurait vite fait de deviner sa fébrilité. Elle espérait que son inexpérience ne gâcherait pas leur nuit de noces. Le séduisant Cesare Brunetti, héritier d'une très ancienne famille noble, aussi riche que charismatique, pouvait avoir n'importe quelle femme. Il restait très secret sur sa vie privée, mais nul doute qu'il affichait un tableau de chasse bien fourni. Ida n'en revenait pas qu'il l'ait épousée. Oh ! elle n'était pas assez naïve pour croire qu'il soit amoureux d'elle. Comme il l'avait expliqué lors de leur rencontre, quand lui et son grand-père étaient devenus associés, il avait besoin d'une épouse.

Mais il l'avait choisie *elle*. Ida Montrose.

Pas une de ces aristocrates raffinées qui lui avaient jeté des regards assassins durant toute la réception. Ni cette princesse étrangère qui ne cessait de le dévorer des yeux. Ida était le choix le plus commode, sans aucun doute. Mais une indéniable affinité existait entre eux, sur laquelle elle comptait pour faire de leur mariage un succès. Elle l'avait sentie à sa façon de la regarder. De l'écouter. À ses rares sourires qui faisaient voleter des papillons dans son ventre. Plusieurs fois, face aux diktats de son grand-père, leurs yeux s'étaient croisés, et elle avait perçu une forme d'entente tacite. Une envie de riposter égale à la sienne, que son éducation l'obligeait à censurer. Cesare n'était nullement intimidé par Fausto. C'était ce qui lui donnait espoir en l'avenir. Cesare l'avait choisie. Il était à elle désormais.

À dix-neuf ans, sa féminité en sommeil s'était soudainement éveillée à son contact. La vie jusque-là ne lui avait guère donné d'opportunités de fréquenter le sexe opposé. Elle apprendrait avec Cesare. Pas parce qu'il était son mari, mais parce qu'il était le premier à susciter en elle le désir d'explorer ces plaisirs charnels entre un homme et une femme.

Elle contempla pensivement les deux anneaux à sa main gauche. L'alliance en or et la bague de fiançailles sertie d'un énorme solitaire. Oui, elle ferait tout pour que leur mariage fonctionne. Une image se dessina dans sa tête… Elle et Cesare, complices, échangeant des regards amoureux comme ses parents autrefois. Son cœur se serra. Ils lui manquaient toujours autant, même onze ans après leur décès dans un accident de voiture.

Prenant une grande inspiration, elle retira son peignoir qu'elle abandonna sur une chaise et poussa la porte du salon.

Cesare était au téléphone, debout devant la baie vitrée, le regard perdu vers les toits de Rome. Il parlait en italien, de cette voix profonde au riche accent latin. Elle s'humecta les lèvres. Leur chaste baiser à l'église avait été bien trop bref. Un frisson de désir courut le long de son échine. Peut-être aurait-elle dû garder son peignoir, tout compte fait. Cesare était encore habillé. Il n'avait même pas enlevé sa veste de smoking, qui épousait ses larges épaules et son dos effilé. Une sophistication n'enlevant rien à sa virilité. Sans cette absolue confiance en lui qu'il exsudait, son grand-père l'aurait écrasé comme tous les autres.

Ida admira ses longues jambes musclées, se remémorant leur frôlement contre les siennes lorsqu'ils avaient dansé. Son regard avait lui d'un éclat de braise. Elle avait beau être inexpérimentée, elle n'était pas idiote. Elle avait reconnu la promesse sensuelle dans ses yeux et avait hâte qu'il la tienne.

Elle s'avança dans la pièce, pieds nus sur l'épaisse moquette. C'était rare de pouvoir observer Cesare à son insu. Il dut sentir sa présence, car il fit volte-face. Ses yeux se promenèrent sur elle, pour sa plus grande satisfaction. Lui toujours si stoïque n'avait pas su dissimuler sa réaction. Et à l'évidence, il aimait ce qu'il voyait.

Ida en fut soulagée. Elle avait visé un style à la fois sexy et élégant avec cette nuisette qui suggérait sans dévoiler. Bien que couverte de la poitrine aux genoux, elle ne s'était jamais sentie aussi nue devant quelqu'un.

Cesare raccrocha et rangea son téléphone dans sa poche.

— Ida.

Son timbre rocailleux, plus grave que d'habitude, titilla ses sens. C'était bon signe, non ? Mais il ne fit pas mine de s'approcher d'elle, ni de se mettre à l'aise. Elle déglutit. Devait-elle prendre l'initiative ? Son souffle se raccourcit à l'idée de poser les mains sur lui. Rassemblant son courage, elle combla la distance entre eux. Le regard de Cesare rivé à chacun de ses pas entama sa fragile assurance. Lui plaisait-elle vraiment ? Elle n'était pas très grande, ni particulièrement pulpeuse. Elle ravala ses doutes. Elle avait essuyé assez de critiques de la part de son grand-père. Ce soir, c'était une nouvelle vie qui commençait. Un avenir radieux l'attendait avec Cesare. Elle sourit, rassérénée par cette perspective.

Jamais elle n'avait été aussi heureuse.

Le sourire de Ida avait la beauté du soleil levant sur sa Toscane bien-aimée. Cesare en eut le souffle coupé. Un feu liquide déferla dans son aine. Plus rien ne comptait, ni la mainmise de Calogero sur ses affaires ni ses plans pour y remédier. Il se noyait dans les yeux de la jeune femme, d'un vert hypnotique qui lui faisait perdre pied. Bien que petite-fille de Calogero, elle avait le visage d'un ange de Botticelli et la silhouette d'une jeune Vénus. Ses longs cheveux cuivrés tombaient librement sur ses épaules. Et cette bouche en pétales de rose, ces courbes graciles, cette aura d'innocence l'entourant tel un halo…

Cesare s'arracha à sa transe. Innocente, elle ? À d'autres ! Elle trempait jusqu'au cou dans les intrigues de Calogero. C'était elle qui avait rejoint la noble et fière lignée des Brunetti. En tant qu'héritière de son grand-père et désormais épouse de Cesare, c'était à elle que profitait le plus le chantage de Calogero.

Il pivota sur ses talons et s'approcha du bar.

— Je me sers un verre. Tu en veux un ?

— Merci. Je prendrai la même chose.

Le feu dans son bas-ventre redoubla. Elle avait dit cela d'un ton si suave… Une pure invitation à la luxure. Cesare se sentait soudain à l'étroit dans son col de chemise. Bon sang, c'était elle qui avait dix-neuf ans, pas lui ! Il avait passé l'âge de se laisser gouverner par ses hormones ! Et depuis quand les femmes cupides l'excitaient-elles ? Pourtant, il devait se faire violence pour ne pas la prendre là, contre la vitre avec les lumières de Rome en toile de fond, où n'importe qui depuis la *piazza* n'aurait qu'à lever la tête pour les voir. Ses turbulents instincts muselés toute la journée approchaient du point de rupture.

Exaspéré, il se versa un verre de sangiovese. Il n'était pas homme à céder à la première tentation. Perdre le contrôle était dangereux. Il avait retenu la leçon. Si son père en avait fait autant, leur famille n'en serait pas là.

Il se retourna, un verre dans chaque main. Ida n'avait pas bougé. Savait-elle que la lumière feutrée embrasait ses cheveux ? Ou que ses mamelons roses transparaissaient à travers sa fine nuisette ? Sans aucun doute. Ida était maîtresse dans l'art de gérer son image. Des robes sages couleur pastel avant le mariage destinées à souligner sa jeunesse et sa candeur. Et aujourd'hui, cette robe de mariée mi-virginale, mi-provocante… Il lui tendit son verre et but une gorgée de vin. L'arôme familier l'aida à reprendre ses esprits. Il provenait de ses propres vignobles, aujourd'hui menacés.

Plus pour longtemps.

— Tu viens te coucher bientôt ?

Sa voix était celle d'une séductrice chevronnée. Et cette façon de le fixer de ses grands yeux limpides… Combien de fois avait-elle usé de cette tactique pour parvenir à ses fins ? Mais lui, Cesare, ne s'y laisserait pas prendre.

— Non. J'ai du travail.

Elle fronça les sourcils. *Dio,* ce qu'elle était adorable !

— Mais c'est notre nuit de noces, balbutia-t-elle.

— Et alors ?

Le désarroi sur son visage lui procura un malin plaisir. Après le stress intense des derniers mois, il n'avait aucun scrupule à savourer cette petite victoire. Elle et son grand-père croyaient le tenir en laisse comme un petit toutou. Il n'avait pas eu son mot à dire sur ce mariage. Mais sa vie sexuelle était encore entre ses mains. Au moins, il avait sauvé le vignoble ainsi que tous ses employés…

— Je pensais que tu voudrais…

Elle s'interrompit dans un accès de pudeur brillamment interprété. Cesare faillit lui rire au nez.

— Que je voudrais consommer notre mariage ?

Il la détailla de la tête aux pieds, lentement, en prenant tout son temps. La jeune femme s'empourpra jusqu'aux oreilles. Tiens, tiens… Elle n'était donc pas aussi maîtresse d'elle-même qu'elle voulait le faire croire.

— J'aime le sexe, dit-il posément. Mais j'ai certains standards.

Elle tressaillit comme s'il l'avait giflée.

— Pardon ?

Cesare avait désiré Ida à la seconde où le vieux Calogero la lui avait présentée avec ses airs de jeune fille modèle. Il la désirait plus que jamais à présent qu'elle était sa femme. Une part de lui brûlait de la faire sienne physiquement et oublier dans ses bras la débâcle des six derniers mois. Il lui en voulait de le rendre aussi faible. C'est pourquoi il ne devait à aucun prix succomber.

— Je ne comprends pas…

— Alors laisse-moi être plus clair.

Séduire était un de ses grands plaisirs. Se brider ne lui ressemblait pas. Mais il avait sa fierté.

— Consommer notre mariage ? cracha-t-il. Tu es la protégée d'un criminel qui a nui à ma famille ainsi qu'à d'innombrables innocents. Je ne te toucherais pas même si tu étais la dernière femme sur Terre.

2.

Ida eut l'impression qu'un gouffre s'ouvrait sous ses pieds. Une haine farouche luisait dans les yeux bruns de son époux. Lui qui avait toujours été si gentil avec elle, à l'opposé de son grand-père qui l'accablait de critiques.

— Cesare…

— Épargne-moi tes excuses, la coupa-t-il. Je ne veux rien entendre.

— Mais nous sommes mariés !

Tout cela n'était sans doute qu'un malentendu. Ils avaient fait vœu de construire un avenir ensemble…

— Mariés, oui. Tu as eu ce que tu voulais. Un riche mari au nom prestigieux, idéal pour servir tes ambitions sociales.

Ida secoua la tête. Comment pouvait-il penser cela ? Leurs échanges, bien que limités, n'avaient-ils pas jeté les fondations d'une vraie relation de confiance ?

— Ton grand-père est parvenu à ses fins, continua-t-il. Toutes ses manigances contre ma famille ont porté leurs fruits, jusqu'au coup de grâce qui lui a donné la mainmise sur nos affaires.

L'air autour de Cesare vibrait de tension. Ida savait combien un homme en colère pouvait être dangereux. Mais elle était comme clouée sur place. Il lui semblait que les murs se refermaient sur elle. Sa cheville droite l'élança, séquelle d'une vieille blessure qui choisissait le pire moment pour se réveiller. Malgré tout, elle parvint à garder contenance. Pas question de se laisser impressionner. À l'écouter, son grand-père aurait orchestré leur mariage dans un nébuleux projet de vengeance. C'était absurde ! Fausto s'était effectivement réjoui de leur union. Mais Cesare était riche et puissant. Personne ne lui dictait ses choix.

— Il lui fallait plus, n'est-ce pas ? reprit Cesare avec hargne. Ruiner notre famille ne suffisait pas. Il voulait ce qu'il n'avait jamais eu… Être accepté dans la bonne société. Un monde inaccessible aux gangsters, maîtres chanteurs et meurtriers.

Ida poussa une exclamation incrédule.

— Tu exagères !

Son grand-père était un homme odieux. Elle le savait mieux que quiconque. Mais un meurtrier ?

— Qu'est-ce qui te déplaît le plus, Ida ? Que je refuse d'agir comme s'il était quelqu'un de respectable ? Ou que je ne veuille pas de toi dans mon lit ?

Comme si elle allait le supplier de lui faire l'amour !

— Je sais qu'il n'est pas honnête. Mais ce n'est pas un meurtrier, protesta-t-elle. Et tu te trompes à mon sujet.

— Vraiment ?

Il posa son verre et croisa les bras en carrant les épaules. Cherchait-il délibérément à l'intimider ?

— Tu veux dire qu'il t'a forcée à m'épouser ?

Ida déglutit.

— Non. J'étais d'accord.

Ce mariage, c'était sa chance d'échapper à son grand-père. Elle s'était prise à rêver d'un avenir meilleur avec Cesare, parce qu'il lui plaisait et qu'elle croyait son attirance réciproque. Quelle idiote ! Il la toisait d'un œil sévère, une grimace de dégoût aux lèvres. Soudain, elle eut honte de son béguin de gamine et des espoirs qu'elle avait placés en lui. Cesare venait de les tuer dans l'œuf. De cela, au moins, elle lui était reconnaissante. Aucun risque qu'elle continue à soupirer après un homme qui la regardait comme un vulgaire insecte ! Elle s'était laissé éblouir par ses belles manières, sans comprendre qu'il ne faisait que jouer un rôle en attendant qu'ils soient mariés. Tout cela parce qu'il avait été le premier homme à lui témoigner de la gentillesse depuis son père. Alors pour elle, adolescente peu précoce n'ayant jamais connu la moindre amourette, il avait aussitôt fait figure de prince charmant...

— Tu confirmes qu'il ne t'a pas forcé la main ?

Une colère sourde l'envahit.

— Je t'ai déjà dit que non. Tu es sourd ?

Sa réponse cinglante parut le prendre au dépourvu. Ida comprit son erreur en voyant une veine palpiter sur sa tempe. Rabrouer un homme deux fois plus fort que soi était tout sauf judicieux. Elle se raidit, prête au retour de bâton. Mais, à sa surprise, il prit une grande inspiration dans un effort visible pour se calmer. Une preuve de plus que Cesare était différent de son grand-père. D'instinct, elle sut que, même hors de lui, il n'utiliserait jamais d'autre arme que les mots.

Pas de quoi se pâmer d'admiration !

— Donc tu admets m'avoir épousé par choix, pour mon titre et les avantages qu'il te confère, conclut-il. Ce mariage te permet aussi de m'espionner pour le compte de ton grand-père, qui tient sûrement à s'assurer que je continue à filer droit.

Le premier réflexe de Ida fut de nier. Mais cela l'obligerait à expliquer pourquoi elle avait accepté de l'épouser. Comment avouer qu'elle avait agi par pur romantisme, en plus du besoin de s'échapper ? Il lui rirait au nez. De toute façon, il la croyait de mèche avec son grand-père. Il ne pouvait pas comprendre. Cesare était un homme charismatique, doté d'une volonté d'acier. Il ignorait ce que c'était de n'avoir aucun contrôle, ou d'être prêt à tout faire pour retrouver sa liberté.

— Et toi, Cesare ? Pourquoi m'as-tu épousée ?

Elle posa son verre sur une console et croisa les bras sur sa poitrine. Comme elle regrettait d'avoir enlevé son peignoir ! Au moindre geste, la soie vaporeuse caressait sa peau nue.

— Tu persistes à jouer les innocentes ?

Ida haussa les épaules. Rien de ce qu'elle dirait ne le convaincrait de sa bonne foi.

— Tu me dois plus que des insultes, Cesare. Nous

sommes *mariés*. La moindre des choses serait de clarifier tes insinuations.

Son ton était sec et cassant. Pour la première fois, elle osait donner libre cours à ses émotions. Elle avait passé sa vie à faire attention, et à quoi cela l'avait-il menée ?

Devant son silence, elle leva le menton.

— Vas-tu me répondre ou continuer à noyer ta mauvaise humeur dans l'alcool ?

Seigneur, qu'est-ce qui lui arrivait ? Jamais elle n'avait parlé ainsi à qui que ce soit. Mais Cesare ne parut pas s'en émouvoir. Il arqua un sourcil, puis porta son verre à ses lèvres et avala une longue gorgée de vin. Ses yeux ne quittaient pas les siens. Ida frémit, hypnotisée par le mouvement de sa gorge. Sous son regard de braise, elle sentait sa peau s'enflammer. La tension dans l'air changea de nature. Il y avait quelque chose de sexuel dans cette provocation. Cesare se moquait d'elle.

Elle tournait les talons pour s'en aller quand il se décida à parler :

— Tu sais quel scélérat est ton grand-père. Tu vis avec lui.

— Seulement de temps en temps.

Cesare fronça les sourcils. Fausto les avait-il dépeints comme une famille soudée ?

— Je ne veux pas prendre sa défense, mais c'est la première fois que j'entends parler de chantage ou de meurtre.

Cesare désigna le canapé.

— Asseyons-nous.

— Je préfère rester debout.

Que croyait-il ? Qu'ils allaient bavarder tranquillement autour d'un verre ? Mais elle avait besoin de comprendre. Même s'il lui en coûtait de rester là dans sa nuisette ridicule, sans défense face à son mépris affiché.

— Je t'écoute, le relança-t-elle avec un calme qu'elle était loin de ressentir.

— Fausto Calogero haïssait mon grand-père, déclara Cesare. Il a juré de se venger de lui et de ma famille.

— Pourquoi ? Que lui avez-vous fait ?

Cesare se raidit.

— Rien. Si ce n'est secourir la jeune fille que ton grand-père a agressée et appeler la police.

Un froid glacial envahit Ida.

— Fausto affirmait qu'elle l'avait séduit, mais c'est elle qui avait un œil au beurre noir. Il l'aurait violée si mon grand-père ne l'avait pas entendue crier. Fausto a fui l'Italie avant d'être arrêté. Il a accusé mon grand-père, qui venait d'une famille respectable, d'avoir monté la ville contre lui.

Ida blêmit. Elle avait honte tout à coup, comme si les crimes de son grand-père étaient les siens. Son mariage avec Cesare n'était-il réellement qu'un rouage d'une vendetta personnelle ? De fait, elle l'avait souvent entendu maugréer que ses ennemis en Italie le lui paieraient, bien qu'il eût refait sa vie en Angleterre. Sa douleur dans la cheville la reprit et elle s'appuya contre le fauteuil le plus proche.

— Continue.

— Tu connais la suite. Il n'a cessé de manigancer depuis pour s'enrichir et nous faire tomber. Tous les moyens étaient bons. Quand mon père est devenu P-DG, les difficultés se sont accumulées. J'ai tenté d'y remédier, mais Calogero avait déjà le dessus. Il allait détruire Brunetti Enterprises, à moins que je n'accepte ses termes.

Ida avait la nausée. Aussi abracadabrante que soit cette histoire, elle n'avait aucun mal à y croire. Son grand-père était un homme perfide et sans pitié.

— Alors c'était cela, le chantage dont tu parlais ?

Cesare plissa les yeux.

— Inutile de feindre l'ignorance. Il n'a pas caché ton rôle dans ce coup monté. Tu sais pourquoi je t'ai épousée.

— Pour sauver ton entreprise, murmura-t-elle.

Tout s'éclairait. Cesare n'avait jamais vu en elle l'épouse idéale. Comment avait-elle pu être aussi naïve ? Rien chez elle n'avait d'intérêt pour lui. Elle n'appartenait pas au cercle fermé de la haute société. Elle n'était ni belle ni sophistiquée. Elle ne parlait même pas italien, sa connaissance de la langue se limitant à quelques notions. Cesare Brunetti était un homme puissant, habitué à ce qui se faisait de mieux. Qu'avait-il ressenti en la voyant s'avancer vers l'autel au bras de son ennemi ? L'homme qui menaçait son héritage familial, fruit de générations de labeur et de dévouement ? Il n'avait qu'à claquer des doigts pour obtenir les faveurs de femmes toutes plus accomplies les unes que les autres. Pourquoi s'intéresserait-il à une fille qui n'avait pour elle que son désir de bien faire ?

Alors, si en plus son grand-père avait prétendu qu'elle était en cheville avec lui… Cela lui ressemblait bien, de jeter de l'huile sur le feu. Il n'avait aucune affection pour elle. Ni pour personne, d'ailleurs. Seul Bruno, son chef de la sécurité, trouvait grâce à ses yeux. La pensée de cette brute épaisse lui donna la chair de poule.

Cesare alla se resservir un verre au bar.

— Maintenant que tu as fini de jouer les saintes-nitouches…

— Et le meurtre ? intervint-elle. Tu l'as aussi traité de meurtrier.

Cesare lui fit face, l'air perplexe. Comme s'il envisageait pour la première fois qu'elle puisse réellement n'être au courant de rien. Puis son expression se durcit.

— La vengeance de ton grand-père n'aurait pas fonctionné s'il avait seulement attendu que mon père enchaîne les mauvaises décisions, avança-t-il. Il les a provoquées afin de nous pousser au bord de la faillite. C'est lui qui est derrière ce violent incendie d'une de nos usines. Deux personnes y ont perdu la vie. Un gardien assommé par un coup sur la tête et un employé faisant des heures supplémentaires.

Ida se cramponna au dossier du fauteuil. L'air lui manquait. Elle savait son grand-père cruel et sans scrupule. Mais cela… C'était d'un autre niveau. Il ne lui venait même pas à l'idée de douter de la culpabilité de Fausto. À plusieurs reprises, elle avait surpris des propos opaques qui, soudain, prenaient tout leur sens.

— Tu ne dis rien ? Aucune objection ?

Lasse, Ida serra les dents. Dire qu'une heure plus tôt elle flottait sur un nuage, pleine d'espoir en l'avenir…

— Pourtant, tu fais affaire avec lui, pointa-t-elle. Tu as épousé sa petite-fille.

Il haussa les épaules. Son smoking noir sur mesure, qu'elle trouvait si sexy quelques minutes auparavant, la frappait à présent par sa sévérité.

— Faire affaire avec lui est indispensable à la survie de l'entreprise. Quant au mariage, tu sais que c'était une condition non négociable du marché. Mais sache une chose, Ida… Je déteste le chantage. Ne comptez pas sur moi, toi et Calogero, pour que je me plie à vos caprices.

La haine dans ses yeux la dissuada de se défendre. Elle aurait beau nier toute implication dans les plans de son grand-père, il ne la croirait pas. Peut-être, un jour, accepterait-il de l'écouter. Mais pas ce soir. Tout son être irradiait d'une colère qu'il semblait ne contenir qu'à grand-peine. Difficile de l'en blâmer. Elle croyait connaître le pire sur son grand-père. Mais les révélations de Cesare la choquaient. Elle avait honte d'être du même sang. Quels autres méfaits avait-il commis ? Fausto avait fait fortune et menait la grande vie. Tous ses succès reposaient-ils sur des activités criminelles ? Pas étonnant que sa mère ait fui à la première occasion. Si seulement elle avait pu en faire autant…

— Et maintenant, Cesare ? demanda-t-elle avec un soupir.

Elle fixait son nœud papillon, incapable de le regarder dans les yeux.

— Maintenant ? répéta Cesare avec froideur. Tu fais ce que tu veux. Moi, j'ai des appels à passer. Demain… Demain, nous continuerons à jouer les tourtereaux comme si de rien n'était.

— Tu n'es pas sérieux !

Elle releva la tête, seulement pour se heurter à son expression impatiente.

— Je suis on ne peut plus sérieux, Ida. Nous sommes mariés aux yeux du monde. À nous de tenir notre rôle. J'ai quelques stipulations, bien sûr. Certaines règles auxquelles tu devras te conformer…

— Pas ce soir, l'interrompit-elle. Je suis fatiguée.

La nausée lui retournait l'estomac. Elle qui croyait que la situation ne pouvait pas être pire… Et voilà que Cesare exigeait l'impossible. Jouer les couples amoureux en public alors qu'ils étaient ennemis en privé ? Piétiner tout ce en quoi elle avait cru en acceptant ce mariage ?

— Très bien. Nous reprendrons cette conversation demain.

Cette perspective lui fit monter la bile à la gorge. Elle pivota sur ses talons et se dirigea vers sa chambre, avec l'impression de se déplacer dans un film au ralenti.

Une heure plus tard, Ida inspectait une dernière fois la pièce afin de s'assurer de n'avoir rien oublié. Sa robe de mariée pendait dans le dressing, de même que la plupart des vêtements que son grand-père lui avait achetés. Inutile de s'encombrer. Mieux valait voyager léger quand on faisait du stop. Elle frissonna à l'idée de monter en voiture avec des inconnus. C'était un moyen de transport risqué. Mais quel autre choix avait-elle ? Rester avec un homme qui la haïssait était hors de question.

Ida n'avait pas beaucoup d'argent. Son grand-père serrait les cordons de la bourse afin qu'elle ne puisse s'échapper. Elle passa en revue le contenu de son sac à main. Un passeport. Quelques euros et livres sterling. Le collier de perles que lui avait prêté Fausto pour le mariage, par parce qu'il s'agissait d'un bijou de famille d'une grande valeur sentimentale, mais pour exhiber sa richesse. Ida contempla l'alliance et le solitaire à son doigt. Comment avait-elle pu y voir une marque d'affection de la part de Cesare ? Ils étaient comme le collier : de vulgaires symboles de possession.

D'un geste rageur, elle les arracha de son annulaire et les fourra dans sa poche. Elle ignorait combien elle en tirerait. Mais les vendre serait une satisfaction autant qu'une nécessité.

Après s'être assurée que la voie était libre, elle attrapa son sac de voyage et quitta la suite sans un regard en arrière.

3.

Quatre ans plus tard

Cesare fronça les sourcils comme la limousine tournait dans une ruelle sordide. Même la pluie battante de Londres ne parvenait pas à nettoyer l'impression de saleté ambiante. Les façades miteuses s'alignaient avec leurs néons criards et leurs gouttières bouchées menaçant de déborder. Les rares personnes dehors ne donnaient guère envie de s'y frotter.

Ida travaillait *ici* ?

Cela n'avait aucun sens. Calogero avait-il dit vrai en affirmant ignorer où elle se trouvait ? Cesare ne l'avait pas cru. En tant qu'héritière du vieil homme, quel besoin aurait-elle de travailler dans un endroit pareil ? Il faillit demander à son chauffeur s'il ne s'était pas trompé d'adresse. Mais son personnel ne commettait jamais d'erreurs. Pas plus que les détectives privés grassement rémunérés pour localiser sa femme vagabonde.

Sa femme.

Le terme lui brûlait la gorge tel un acide. En quatre ans de mariage, Ida n'avait été rien d'autre qu'une épine dans son pied. Dès le premier jour, son charme avait opéré. Elle dégageait une fraîcheur et une sensualité qui l'envoûtaient malgré son immoralité. Seule sa fureur d'être contraint de l'épouser l'avait empêché de la mettre dans son lit. Puis sa disparition avait fait d'elle une source de scandale et d'embarras. Il avait eu mieux à faire que partir à sa recherche.

Jusqu'à aujourd'hui.

Elle était une ennemie autant qu'une énigme. Le mystère s'était encore épaissi avec le rapport de ses détectives. Bien qu'ils l'aient retrouvée, ils n'avaient pas su retracer tous ses faits et gestes ces dernières années. Sans doute parce qu'elle avait changé de nom. Mais c'étaient les informations sur son enfance qui l'avaient stupéfié.

Ida, contrairement à ce qu'il pensait, n'avait pas grandi à Londres avec Calogero. Après la mort de ses parents, elle était allée vivre sur une île isolée au large de l'Écosse, si minuscule qu'elle ne disposait même pas d'une ligne de ferry régulière. La jeune femme rendait visite à son grand-père chaque année, mais n'y restait jamais plus d'un mois. C'était étrange. Presque autant que la retrouver dans cet endroit improbable.

La voiture s'arrêta. Une femme s'approcha aussitôt, en haut moulant rouge et minijupe en vinyle annonçant d'emblée sa profession. Cesare laissa à son garde du corps le soin de la congédier tandis qu'il se dirigeait vers l'entrée d'un club. Le videur, après un coup d'œil à son costume italien et sa limousine, s'effaça sans poser de questions.

L'étroit couloir empestait l'alcool, la cigarette et le parfum bon marché. Cesare continua à avancer jusqu'à une porte. À peine la poussait-il qu'un vacarme assourdissant lui agressa les tympans, mélange de musique tapageuse et de rires masculins. Les détectives avaient dû se tromper. Ida ne pouvait pas travailler ici. Un mouvement attira son attention. Des femmes dansaient lascivement sur ce qui servait de scène. D'autres, seins nus ou en robes les couvrant à peine, distrayaient les clients à leurs tables. On l'avait prévenu, mais il n'avait pas voulu le croire…

Jusqu'à ce que ses yeux repèrent une chevelure cuivrée derrière le bar longeant l'un des murs. En quatre ans, il n'avait jamais oublié cette couleur. Ni cette posture très droite digne d'une danseuse. Son pouls s'accéléra. Non, ce n'était pas Ida. Il y avait une ressemblance, mais… La femme occupée à remplir des verres de whisky portait un maquillage bien trop surchargé. Son teint très pâle faisait ressortir ses lèvres écarlates et ses cils exagérément longs. Un bustier en cuir noir, lacé sur le devant, dénudait ses épaules et remontait si haut ses seins qu'ils menaçaient de déborder à tout instant. Même sa robe de mariée transparente avait été plus subtile.

Cesare revit la jeune femme le soir de leur nuit de noces. Pour lui, elle avait passé une simple nuisette de soie bleue, sans rien en dessous. Ce souvenir ne l'avait jamais quitté. Il s'était juré de ne rien avoir à faire avec la femme qu'on lui avait imposée. Mais comme il avait été tenté de renier son serment ! De simplement prendre ce qu'on lui offrait. Cette attraction inopportune avait enflammé sa colère. Pour la première fois depuis longtemps, il avait perdu son sang-froid.

La femme derrière le bar n'était pas Ida. Elle n'avait pas son discret sex-appeal. Avec sa bouche peinte et son corset de pin-up, elle jouait ouvertement de ses atouts. Les longs gants noirs jusqu'au coude accentuaient son côté vamp, tout comme le ruban autour de sa gorge. Était-ce l'alliance érotique du velours et du cuir ? Ou le contraste sur sa peau laiteuse ? Ce contraste l'avait déjà frappé à l'église, lorsqu'il avait pris sa main pâle dans la sienne mate. Il n'avait pas non plus oublié la douceur de ses lèvres lors de leur baiser de pure forme.

Un violent désir le foudroya. Cesare serra les dents. Était-il à ce point en manque ? Il tournait les talons quand la jeune femme sourit à quelqu'un au bout du bar. Ce fut comme recevoir un coup de poing dans le ventre. Le choc lui coupa la respiration.

Ida.

La barmaid vulgaire de ce bouge miteux n'était autre que sa femme ! Et il n'était pas le seul à la regarder. La moitié du bar la lorgnait sans vergogne. Colère et dégoût firent bouillir son sang. Cesare avait appris à maîtriser ses pulsions. Il agissait toujours rationnellement. Mais ses principes ne faisaient pas le poids face à la scène sous ses yeux. Une présence se matérialisa à ses côtés. Lorenzo, son garde du corps. Ses poings se crispèrent.

Non, c'était personnel.

Il s'en chargerait lui-même.

Ida remplissait un plateau de verres quand elle sentit quelqu'un approcher. Elle fut aussitôt sur ses gardes. Les clients avaient tendance à se montrer un peu trop entreprenants. Un sourire et une repartie spirituelle suffisaient en général à les neutraliser. Mais il arrivait que certains deviennent agressifs. Elle coula un regard vers l'extrémité du bar. Aucune trace de Mike, son responsable, qui veillait sur elle. Scotchant un sourire sur ses lèvres, elle leva nerveusement la tête. Son sourire s'évanouit aussitôt.

Le sang bourdonnait à ses oreilles, comme ce jour où elle s'était blessé la cheville, des années plus tôt. Affalée sur le sol en marbre, elle avait levé les yeux vers l'escalier. Son grand-père la toisait depuis les marches, et elle s'était demandé si elle n'avait pas simplement imaginé la gifle qui l'avait fait tomber. C'était pareil en cet instant. Imaginait-elle ces yeux bruns familiers brûlant d'une flamme incandescente ?

Cesare.

Elle n'aurait jamais cru le revoir un jour. C'était de son grand-père qu'elle se cachait, pas de son mari. Cesare lui avait signifié sans détour qu'il serait plus heureux sans elle. Que faisait-il ici ? Elle posa la bouteille de whisky sur le bar. Il n'y avait qu'une explication : il était en voyage d'affaires à Londres et s'octroyait quelques heures de distraction. Ida avait appris à ne plus s'étonner de la diversité de la clientèle dans ce genre d'endroits. Elle avait toujours prêté à Cesare un penchant pour les femmes glamour habillées en haute couture. Mais peut-être ses goûts étaient-ils tout autres.

— Je vous sers un verre ? lança-t-elle avec dérision.

Bien vu, de le traiter comme un client parmi d'autres. Quelles étaient les chances qu'il la reconnaisse ? Il ne l'avait pas vue depuis quatre ans. Le club était mal éclairé et son épais maquillage altérait sa physionomie…

— Je veux une explication. Mais pas ici.

Il désigna la sortie du menton.

— Allons-y.

— Pardon ?

Elle regretta d'avoir haussé le ton en voyant plusieurs têtes se tourner vers eux.

— L'endroit n'est pas idéal pour une discussion, grinça Cesare. Allons-nous-en.

— Un problème, Maddy ?

Mike, son responsable, venait de surgir de nulle part. Cesare lui jeta à peine un regard.

— C'est une affaire de famille. Cela ne regarde que nous.

— Une affaire de famille ? Qui êtes-vous, son frère ?

Cette fois, Cesare se tourna vers lui dans une attitude de pur macho.

— Non. Son mari.

Ida étouffa une exclamation. C'était déjà un choc qu'il soit venu la chercher. Mais qu'il la revendique comme sa femme ? N'était-il pas censé la détester ?

— Maddy, c'est vrai ?

Mike haussa un sourcil interrogateur. Il était gentil à sa façon. Elle lui était reconnaissante de l'avoir prise sous son aile depuis qu'elle remplaçait Jo.

— Techniquement…

— Bien sûr que c'est vrai, trancha Cesare. Allons-y, *Maddy*.

— Attends une seconde !

Que croyait-il ? Qu'il pouvait débarquer sans prévenir et la mener à la baguette ?

— Et si je m'intéressais de plus près à cet… *établissement ?* Son chiffre d'affaires risque d'en prendre un coup.

Cesare avait parlé du ton doucereux de qui avait l'habitude d'être obéi sans discuter. Son regard d'acier se planta dans le sien.

— Est-ce ce que tu veux ? Créer des ennuis à ton ami ?

Ida n'avait jamais eu peur de Cesare comme de son grand-père. Tous deux étaient des hommes puissants, déterminés à obtenir ce qu'ils voulaient. Mais il y avait certaines limites que Cesare, pressentait-elle, n'était pas prêt à franchir. Elle ne s'était jamais sentie physiquement en danger avec lui. La menace dans ses yeux était pourtant bien réelle. Il n'hésiterait pas à la mettre à exécution. Elle avait beau détester cet endroit, Mike avait toujours été là pour elle et Jo. Il ne méritait pas d'être pris entre deux feux. Et puis, Jo ne tarderait pas à revenir et avait désespérément besoin de ce travail.

Ida se retint d'envoyer paître Cesare. S'il l'avait trouvée ici, il la retrouverait n'importe où. Autant écouter ce qu'il avait à dire et en finir. Ravalant son indignation, elle se tourna vers Mike.

— J'ai bientôt fini mon service. Cela t'ennuie si je pars un peu plus tôt ?

Du coin de l'œil, elle remarqua l'homme en costume derrière Cesare. Un frisson la parcourut. Il était plus discret que les gardes du corps de son grand-père. Mais c'était plus fort qu'elle. Ces types-là lui faisaient froid dans le dos. Mike et Cesare se mesuraient du regard. La tension était à couper au couteau. Mike finit par rompre le silence.

— Tu es sûre, Maddy ?

Non, elle n'avait aucune envie de suivre Cesare. Que faisait-il là ? Que lui voulait-il ? La mort dans l'âme, elle hocha la tête.

— Oui.

— D'accord. Donne-moi cinq minutes, le temps que j'aille chercher ton chèque.

— Elle n'en a pas besoin, grogna Cesare d'un ton suintant le dédain.

— Bien sûr que si, intervint Ida. Merci, Mike.

Elle lui adressa un sourire crispé. Elle n'avait pas travaillé des semaines dans ce club sordide pour repartir les mains vides. Avec un dernier regard à Cesare, Mike s'éclipsa dans l'arrière-salle.

Ida prit la bouteille de whisky et se remit à remplir ses verres pour se donner contenance.

— Laisse cela. On y va.

Cesare fit mine de lui saisir le poignet. Elle esquiva en brandissant la bouteille d'un geste défensif.

— Ne me touche pas !

Il tressaillit. Derrière lui, son garde du corps s'avança, prêt à s'interposer. Ida n'avait jamais frappé qui que ce soit. La violence la répugnait. Mais Cesare l'ignorait. Comment osait-il venir ici la traiter comme si elle était sa chose ? De quel droit se mêlait-il de sa vie après tout ce temps ? Le revoir avait suffi à rouvrir les blessures du passé. Son rejet cruel. La honte et la souffrance causées par ses révélations. Elle avait cru avoir surmonté tout cela. Visiblement, elle se trompait.

Elle reprit sa tâche, ne serait-ce que pour recouvrer son calme. Par miracle, sa main ne tremblait pas malgré son tumulte intérieur. Peut-être parce que, depuis ses huit ans, elle avait appris à dissimuler quand elle avait peur ou qu'elle était meurtrie. Sauf avec Cesare. Ce soir-là à Rome, son mépris l'avait anéantie car elle s'était crue à l'aube d'une nouvelle vie, enfin libérée de ses malheurs.

— Tu n'as rien à faire ici.

La voix sévère de Cesare ricocha sur ses épaules nues.

— Ce ne sont pas tes affaires, rétorqua-t-elle.

Sans un regard pour lui, elle remplit le dernier verre et poussa le plateau vers la serveuse venue le chercher. Le profil ciselé de Cesare et sa silhouette athlétique ne semblaient pas laisser sa jeune collègue indifférente. Elle s'attarda un peu plus longtemps que nécessaire, avant de finalement s'éloigner avec le plateau dans un déhanché exagéré.

— Ce que je fais de ma vie ne te concerne plus depuis quatre ans, ajouta Ida en rangeant la bouteille sur l'étagère.

— Tout ce que tu fais me concerne, Ida. Que tu le veuilles ou non.

Sa mine réprobatrice la mit mal à l'aise. De quoi devait-elle avoir l'air dans cette tenue aguichante ? Elle carra les épaules. Elle n'avait rien fait de mal. Pourquoi aurait-elle honte ?

— Tiens, Maddy.

Mike réapparut avec son salaire, au grand soulagement de Ida. Elle en avait vraiment besoin pour payer le loyer. Il se pencha vers elle :

— Tout va bien ? Tu n'as pas d'ennuis, au moins ?

Elle secoua de la tête, touchée par sa sollicitude. Lors de son premier jour au bar, Mike, montagne de muscles aux manières belliqueuses, l'avait rendue nerveuse. Aujourd'hui, elle remerciait le ciel de l'avoir eu comme manager.

— Non, aucun. Désolée de te laisser en plan.

— Ne t'inquiète pas. Mais dis à Jo d'arriver à l'heure la semaine prochaine.

Elle sourit.

— Promis. Au revoir, Mike. Merci pour tout.

Cesare suivait d'un œil torve l'échange entre Ida et l'armoire à glace agissant comme son champion. Contre *lui,* son mari ! Les regarder soulevait en lui une tempête d'émotions qu'il ne comprenait pas. Pour la seconde fois de sa vie, il perdait son sang-froid. La première avait été le soir de leur mariage, quand Ida l'avait rejoint, prête à s'offrir à lui, et qu'il avait déversé sur elle toute sa colère refoulée contre Calogero. Il avait eu envie d'elle, malgré ce qu'elle représentait. Cesare était un homme prudent et réfléchi. Il ne se laissait jamais dominer par ses émotions. C'était cette autodiscipline qui lui permettait de tenir tête à son ennemi. Alors comment cette femme réussissait-elle à la réduire à néant ?

Elle noua la ceinture de son imperméable autour de sa taille de guêpe, et la réponse s'imposa d'elle-même : Ida l'attirait comme nulle autre femme. Peu importait qui elle était ou ce qu'elle lui avait fait. Il la voulait, même quatre ans après. Il haïssait ce désir qui le rendait vulnérable.

D'humeur ombrageuse, il l'entraîna dehors jusqu'à la limousine garée dans la ruelle.

— Allons à mon hôtel, dit-il en ouvrant la portière.

— Non ! Hors de question, protesta-t-elle avec véhémence.

Il la vit jeter un regard nerveux au chauffeur, puis à Lorenzo. Craignait-elle à ce point de se retrouver seule avec lui ?

— Tu ne risques rien, assura-t-il.

Certainement moins que dans ce quartier malfamé. Qu'elle ait davantage peur de *lui* était une nouvelle gifle.

— Je connais un café ouvert toute la nuit…

— Non, pas en public.

La jeune femme eut une moue contrariée. Pour finir, elle capitula.

— Très bien. Allons chez moi. C'est à deux pas.

Joe serait-il là ? Cesare s'était promis d'aller droit au but sans perdre de temps. Mais la mention d'un petit ami avait piqué sa curiosité.

— Parfait. Je te suis.

Une perspective qui ne semblait guère enchanter Ida. Tant pis pour elle. Elle ne se débarrasserait pas de lui aussi facilement, cette fois. Cela ne devrait pas l'étonner qu'elle ait un amant. Mais la pilule passait mal. Quel genre de type était ce Joe pour laisser sa partenaire travailler dans un tel endroit ? Ses poings se serrèrent. Il n'était quand même pas jaloux ? Pourquoi le serait-il ? Il aimait le sexe et la compagnie des femmes. Mais pas au point de devenir possessif. Les erreurs désastreuses de son père lui avaient servi de leçon. Alors pourquoi une part de lui enviait-elle l'homme qui partageait le lit de Ida ? Il n'y avait rien de personnel là-dedans, raisonna-t-il. Ida était sa femme. Des époux ne se juraient-ils pas fidélité jusqu'à la mort ?

Cette réflexion le surprit. Cesare se considérait comme un homme moderne, détaché des vieilles traditions matrimoniales. Mais sa mère était morte quand il était bébé, puis son père l'avait abandonné pour enchaîner les liaisons malavisées. C'était son grand-père qui l'avait élevé. Le vieil homme lui avait inculqué le sens de l'honneur et de la famille. Ces valeurs étaient-elles la raison pour laquelle il n'avait plus pris d'amantes depuis leur farce de mariage ? Non, c'était absurde. Il avait eu d'autres priorités ces quatre dernières années, voilà tout.

Ida ne faisait toujours pas mine de bouger.

— Après toi, la pressa-t-il.

— Qu'est-ce que tu veux, Cesare ? Que fais-tu ici ?

Cesare commençait à perdre patience. Après sa fuite à la sauvette et l'énorme scandale qu'il avait essuyé, elle rechignait à lui accorder une simple discussion en tête à tête ?

— Pas au milieu de la rue, Ida.

Elle lui jeta un regard noir, avant de se décider à monter dans la voiture. Son imperméable s'écarta, laissant entrevoir ses longues jambes fuselées dans leurs bas résille. Le désir fusa en lui, à son grand dam. Il n'avait jamais voulu de Ida dans sa vie. Mais elle était sa femme et portait son nom. Qu'elle vive acoquinée avec un autre homme en se prostituant – ou presque – pour gagner sa vie était un affront à sa dignité.

Cesare s'assit à côté d'elle sur le siège arrière tandis qu'elle donnait son adresse au chauffeur. Dieu merci, ils ne se reverraient plus après ce soir. Mais ce n'était pas l'affaire qu'il était venu finaliser qui occupait son esprit sur le trajet. Il s'imaginait effeuillant lentement la jeune femme, un vêtement après l'autre. D'abord les longs gants noirs, puis le corset, et enfin le reste. Il la ferait gémir de plaisir, encore et encore, jusqu'à ce qu'elle crie son nom, le sien et aucun autre, au plus fort de l'extase…

Son souffle se raccourcit. La pression entre ses reins mettait à mal sa fierté. Lui, un Brunetti, céder à pareille vulgarité ? Non. Ce n'était pas demain la veille qu'il tomberait aussi bas.

4.

Le quartier de Ida excédait ses pires craintes. Le genre d'endroit que l'on n'habitait pas par choix. Cesare avait participé à des actions de réhabilitation bénévoles dans des quartiers similaires. Son grand-père tenait à ce qu'il ne devienne pas un de ces gosses de riches indifférents aux conditions de vie des moins chanceux que lui. Le dur travail de terrain lui avait inspiré un profond respect envers ceux qui affrontaient l'adversité au quotidien. Et un mépris équivalent pour les dealers, proxénètes et autres escrocs exploitant les plus vulnérables.

Joe était-il le souteneur de Ida ? L'idée le fit bondir. Elle travaillait comme barmaid, elle ne vendait pas son corps. Mais dans ce genre de club, la frontière était trouble. Surtout avec la tenue qu'elle portait.

Cesare eut un haut-le-cœur en suivant Ida dans un hall jonché d'ordures, puis un escalier en ciment brut. Une odeur nauséabonde régnait dans les parties communes. Le déhanché de la jeune femme perchée sur ses talons aiguilles offrait un spectacle plus agréable. Elle s'arrêta devant une porte défraîchie et s'y prit à plusieurs fois pour tourner la clé dans la serrure. Parce qu'elle avait les doigts gelés ou parce qu'elle était nerveuse ?

Il avait lu la surprise sur son visage lorsqu'elle l'avait aperçu dans le bar, très vite chassée par un mélange de rancune et d'indignation. À l'évidence, Ida savait se défendre et ne se laissait pas marcher sur les pieds. Rien à voir avec l'image d'ingénue qu'elle lui avait présentée le soir de leur mariage. Elle poussa la porte, mais la chaîne était tirée à l'intérieur.

— Jo ? C'est moi.

Alors Joe était bien là. D'instinct, il se rapprocha d'elle. Un parfum de jacinthe l'enveloppa, comme si elle sortait d'un jardin fleuri et non d'un club de strip-tease. Un cliquetis métallique se fit entendre. La porte s'ouvrit, juste assez pour que Ida se faufile à l'intérieur. Cesare glissa un pied dans l'entrebâillement avant qu'elle ne se referme.

— Tout va bien, Jo. Il est avec moi.

Cesare poussa la porte de l'épaule et entra à la suite de Ida, seulement pour découvrir une jeune femme menue aux cheveux noirs coupés court, un bleu encore visible sur le visage. Elle lui lança un regard craintif.

— Je ne vous veux aucun mal, s'empressa-t-il de la rassurer.

Sans répondre, elle ferma la porte derrière lui. La chaîne ainsi que le verrou semblaient avoir été posés récemment, par des mains peu expertes. Ce détail l'interpella. Qu'est-ce qui avait motivé cette installation hâtive ?

— Je suis Cesare Brunetti, se présenta-t-il.

La jeune femme fixa avec méfiance la main qu'il lui tendait avant de se décider à la serrer.

— Jo Randall.

« Joe » était une femme ? Il avait immédiatement supposé qu'il s'agissait d'un homme et s'était construit tout un scénario dans sa tête. Sur quoi d'autre s'était-il trompé ? Cette question le troubla.

Il suivit Ida, résolu à obtenir des réponses, et manqua lui rentrer dedans. L'endroit était si minuscule que deux enjambées avaient suffi à l'amener au milieu du salon. Une rapide inspection révéla un appartement exigu, mais plutôt accueillant grâce à un choix de peintures inspiré et une jolie décoration faisant oublier les meubles dépareillés. Une délicate senteur d'agrume flottait dans l'air. Ida ôta son imperméable, dévoilant une fois de plus sa peau d'albâtre et ses longues jambes galbées. Il s'obligea à lever les yeux vers son visage. À la lumière crue du plafonnier, son maquillage paraissait encore plus outrancier. Elle attira son amie à l'écart et s'adressa à elle à voix basse :

— Que fais-tu ici, Jo ? Il s'est passé quelque chose au travail ?

Cesare n'avait pas pour habitude d'espionner les conversations privées. Mais impossible de ne pas entendre dans ce lieu dépourvu d'intimité. Il était question de problèmes d'argent et d'emploi du temps. Il s'éloigna de quelques pas, balayant des yeux l'espace combinant cuisine et salon. Un rideau tiré au fond de la pièce délimitait sans doute un coin chambre. Pourquoi diable Ida vivait-elle dans un tel taudis ? Elle était l'héritière de Calogero ! Et pour quelle raison travaillait-elle dans ce club obscène ?

Cesare revint vers les deux femmes. Sa patience atteignait ses limites. Lui et Ida avaient une affaire à régler. Plus vite ce serait fait, mieux il se porterait. Mais pas question d'en discuter devant une étrangère.

— Ida, il faut qu'on parle. Seul à seule.

Ida le fusilla du regard, avant de se tourner vers Jo et lui tendre l'enveloppe contenant son salaire.

— Tiens. On se voit plus tard.

Mais Jo posa une main sur son bras.

— Attends… Pourquoi t'a-t-il appelée Ida ?

Une émotion indéchiffrable traversa le visage de Ida.

— Pour rien, dit-elle très vite. Ida est mon prénom officiel, mais je préfère Maddy. C'est le diminutif de Madeline, mon deuxième prénom.

Cesare fronça les sourcils. La jeune femme avait manifestement cherché à dissimuler son identité. Pour quelle raison ? De qui avait-elle peur ? De lui ? Cela n'avait aucun sens. Il avait été furieux, oui. Mais tout de même pas au point de l'effrayer. Il ne s'intéressait pas à elle et ne s'en était pas caché. Ces quatre dernières années, il avait été trop occupé à reconquérir son entreprise familiale au nez et à la barbe de Calogero pour courir après sa femme fugueuse.

La disparition de Ida avait mis le vieil homme hors de lui. Un contrat entre eux l'avait empêché de mettre à exécution sa menace de liquider l'entreprise. Calogero avait renoncé à certains moyens de pression au profit d'une élévation dans la société qui ne s'était jamais matérialisée.

— Ton vrai nom est Ida ?

Sa colocataire semblait plus soucieuse que contrariée de cette révélation.

— Cela n'a pas d'importance, éluda Ida.

— C'est que… Un homme te cherchait, ajouta Jo.

— Un homme ?

Ida et Cesare avaient parlé en même temps.

— Quel homme ? A-t-il frappé chez nous ? s'enquit Ida d'une voix tendue.

— Non. Il interrogeait les gens devant l'immeuble en leur demandant s'ils connaissaient une Ida.

La jeune femme pâlit sous son épais maquillage. Cesare s'approcha.

— Quand est-ce arrivé ? questionna-t-il.

— Hier.

Le regard de Jo passa de lui à Ida.

— Si j'avais su, je t'en aurais parlé…

Ida secoua la tête.

— Tu ne pouvais pas savoir. Mais tu es sûre que c'est bien ce nom-là qu'il demandait ?

— Oui. Il m'a même montré une photo. Je n'ai pas regardé de près car il me faisait peur et j'étais pressée de rentrer. Mais j'ai cru distinguer des cheveux de la même couleur que les tiens.

Ida se tourna vers lui, le regard méfiant.

— Ce type travaillait-il pour toi, Cesare ?

— Non. Mes détectives t'ont localisée il y a quelque temps. Mais ils avaient ordre de ne pas intervenir.

Parce qu'il préférait s'en charger en personne. Il était arrivé le jour même en Angleterre, officiellement pour affaires. Mais la vraie raison de sa visite était Ida.

— Dans ce cas…

Elle se cramponna au dossier d'une chaise, si fort que ses jointures blanchirent.

— À quoi ressemblait-il ? demanda-t-elle à sa colocataire.

— Le genre patibulaire, répondit Jo sans hésiter. Des cheveux en brosse. Un nez tordu comme si on le lui avait cassé. Des bras ultra-musclés. Il portait un costume et on aurait dit qu'il n'avait pas de cou. Sa voix aussi m'a marquée… Grave et éraillée. Je n'aimais pas sa façon de me regarder.

Ida se laissa choir sur sa chaise. Jo s'accroupit devant elle, l'air inquiet.

— Maddy ? Ida… Est-ce que ça va ?

Non, ça n'allait pas. Elle tremblait comme une feuille. Mais elle fit bonne figure, allant jusqu'à esquisser un sourire.

— Oui. C'est juste que je ne m'y attendais pas…

— Tu connais cet homme, en déduisit Cesare.

Ida fuit son regard.

— Disons que c'est quelqu'un du passé que je préfère éviter.

Donc une connaissance d'*avant* leur mariage, puisqu'elle utilisait un faux nom depuis quatre ans. Un ex-petit ami ? Peu probable au vu de la description donnée.

— Enfin, pas de quoi s'affoler, conclut-elle avec un petit rire forcé.

— Je ne l'ai plus revu dans les parages, ajouta Jo. Peut-être est-il parti ?

Cesare vit les épaules de Ida s'affaisser. Quels squelettes sa chère épouse cachait-elle dans son placard ? Non que cela le concernât. Il était venu dans un but précis. Plus vite ce serait réglé, plus vite il rentrerait en Italie. Mais, depuis le début, Ida et ses mystères le fascinaient. S'il voulait rompre le charme, il devait percer l'énigme à jour. C'était le seul moyen de tourner la page pour de bon.

Peut-être n'était-il pas encore rentré, tout compte fait.

Ida frissonna sur le siège arrière de la limousine. Rongée par l'angoisse, elle n'avait même pas pris le temps de se changer. Était-ce vraiment judicieux de suivre Cesare à son hôtel ? Mais elle n'avait pu se résigner à revenir sur son humiliation passée devant Jo. Elle avait honte chaque fois qu'elle repensait à leur nuit de noces désastreuse. À sa stupidité et à ses rêves piétinés. Le mépris de Cesare avait gravé une cicatrice indélébile dans son cœur. La nouvelle que l'homme de main de son grand-père la recherchait n'était pas non plus étrangère à sa décision impulsive. La description de Jo correspondait trait pour trait à Bruno. Difficile de réfléchir sous l'emprise de la peur.

Un goût métallique lui emplit la bouche. Pendant longtemps, Bruno l'avait ignorée comme si elle faisait partie des meubles. Mais à mesure qu'elle grandissait, il s'était mis à la reluquer tel un chien affamé devant un bout de viande. Ida était reconnaissante à Cesare d'avoir posté son garde du corps devant son immeuble. Qu'il se soucie de la protection de Jo l'avait surprise et touchée. Cet appartement était son refuge. Si Bruno savait où elle vivait, elle n'y était plus en sécurité. Cette possibilité la terrifiait.

À seize ans, elle avait osé une timide rébellion et réclamé plus de libertés à son grand-père. Fausto l'avait menacée de lui apprendre l'obéissance en l'offrant à Bruno pour une nuit. Elle avait vu cet ancien détenu en action avec quiconque approchait son patron de trop près. C'était un sanguin porté sur la violence. Ce jour-là, il l'avait déshabillée des yeux en se léchant les babines. Les deux hommes avaient ri grassement et Ida s'était enfuie dans sa chambre.

Parce que tu te crois en sécurité avec Cesare Brunetti ?

Elle l'épia du coin de l'œil. Dans la pénombre, il en imposait encore davantage. Il ne lui prêtait aucune attention, en pleine conversation téléphonique dans un italien volubile. Le cœur de Ida s'emballait chaque fois que les lumières de la rue éclairaient brièvement son profil altier.

Certaines choses ne changent pas.

Ida s'en voulait de sa faiblesse. Mais cela ne signifiait rien. Ce n'était qu'une réaction hormonale, vestige de son béguin d'autrefois. Et, oui, elle se sentait en sécurité avec lui. Il la traitait avec froideur et condescendance, et ils se haïssaient. Mais Cesare était différent de son grand-père ou de Bruno. Il n'était pas un dangereux criminel sans scrupule. Que risquait-elle avec lui, à part se faire passer un savon ?

Cesare avait pris le temps de rassurer Jo. Il l'avait mise à l'aise. Une prouesse, étant donné son extrême méfiance après l'agression qu'elle avait subie. Ida ferma les yeux et se laissa aller contre le dossier. Elle s'était crue libérée de Cesare. La procédure de divorce avait dû être lancée le jour même de sa fuite. Il l'avait exclue de sa vie et c'était très bien ainsi, s'était-elle persuadée. Mais c'était un mensonge. Elle l'avait su à la seconde où leurs yeux s'étaient croisés ce soir. En quatre ans, elle n'était sortie avec personne, trop occupée à joindre les deux bouts et garder un toit au-dessus de sa tête. Une version démentie par la chaleur qui l'avait submergée à l'apparition de Cesare. Autant se rendre à l'évidence : elle avait beau le détester, elle était toujours attirée par lui.

Seigneur, quel cauchemar ! Quelles autres mauvaises surprises lui réservait cette soirée ?

— Nous y sommes.

La voix de Cesare la tira de ses pensées. Elle cligna des yeux en découvrant où ils étaient. Un homme en uniforme lui ouvrit la portière et inclina la tête avec déférence.

— Madame.

Ida descendit de voiture avec autant de grâce qu'elle en était capable. Dieu merci, elle avait remis son imperméable. De quoi aurait-elle l'air en minijupe et corset en cuir ?

— Merci.

Cesare glissa son bras sous le sien et l'entraîna dans un monde de luxe qui aurait aussi bien pu être une autre planète. Elle connaissait de réputation cet hôtel emblématique. Par chance, le hall était désert à cette heure. Une réceptionniste les accueillit d'un sourire engageant. Ida gardait les yeux baissés, consciente de l'image qu'elle projetait avec son maquillage criard et ses bas résille. Elle détestait attirer l'attention. Pas par timidité, mais parce qu'elle avait toujours l'impression de détonner. C'était le cas ce soir. Elle n'avait rien à faire dans l'un des plus somptueux hôtels du pays.

Ida redressa les épaules. Pas question de trahir sa nervosité devant Cesare. Ce n'était qu'une mauvaise demi-heure à passer. Elle écouterait ce qu'il avait à dire, puis rentrerait chez elle. Elle avait hâte de se changer et se démaquiller. Alors peut-être aurait-elle l'esprit plus clair pour réfléchir au problème de Bruno.

C'est à peine si elle remarqua l'opulent décor en suivant Cesare. Mais sa suite la laissa sans voix. Le salon à lui seul faisait au moins six fois la taille de son appartement ! Un discret parfum de lys embaumait l'air. L'espace d'un instant, Ida fut tentée d'aller s'allonger sur l'un des canapés douillets. Levée à l'aube pour son service de femme de ménage, elle tombait de fatigue. Mais non. Si elle voulait rentrer, mieux valait aller droit au but. Elle fit face à Cesare, ignorant ses pieds au supplice dans les escarpins empruntés à Jo.

— Je t'écoute. De quoi voulais-tu parler ?

— À ton avis ?

Ses yeux perçants fouillaient les siens. Comment avait-elle pu oublier l'intensité de son regard ? S'il cherchait une faute à lui reprocher, il n'en trouverait pas. Elle ne lui avait causé aucun tort et ne lui devait rien.

— La journée a été longue, Cesare. Je ne suis pas d'humeur à jouer aux devinettes. Pourquoi m'as-tu retrouvée ?

Il combla l'espace entre eux d'une démarche souple et déterminée. Une démarche de prédateur.

— Pour finaliser notre divorce, bien sûr.

5.

— Nous sommes toujours mariés ?

La réaction choquée de Ida semblait sincère. Mais Cesare n'était pas dupe.

— Évidemment. Tu n'as signé aucun papier de divorce, que je sache ?

Elle fit non de la tête. Son pouls battait follement dans le creux de sa gorge. Elle était très bonne comédienne. Tentait-elle de reprendre son ancien rôle d'ingénue ? Bon courage à elle, après ce qu'il avait vu ce soir.

Elle s'affala sur le canapé, comme si elle était réellement secouée. Elle avait eu la même réaction en apprenant qu'un homme la cherchait. Cette sensation dans sa poitrine… Il ne se faisait quand même pas du souci pour elle ? Pour cette femme que Calogero l'avait contraint à épouser après tout ce qu'il avait fait subir à sa famille ?

Agacé, il alla au bar remplir deux verres de sambuca et en tendit un à Ida.

— Tiens. Cela te réchauffera.

Il poussa le verre dans sa main et s'assit dans le fauteuil d'en face. En dépit de tout, la jeune femme l'inquiétait. C'était la seconde fois qu'il la voyait pâlir.

— Je croyais que tu avais divorcé il y a quatre ans, balbutia-t-elle.

— Quand tu as fait de moi la risée du monde entier ? Le marié laissé en plan par sa femme d'un jour ?

Son ego en avait pris un coup. Stoïquement, il avait enduré

les moqueries de ses connaissances, ou même de parfaits inconnus, qui ne se gênaient pas pour rire dans son dos.

— Tu ne voulais pas de moi ! s'exclama-t-elle. Tu me l'as bien fait comprendre !

— Ce n'était pas une raison pour disparaître, tonna Cesare. N'as-tu aucun remords pour le scandale dans lequel tu m'as plongé ?

Comme s'il n'avait pas eu assez à faire avec son entreprise et tous ces emplois à sauver. Pendant des mois, il avait dû supporter un public avide de ragots sur Cesare Brunetti et sa femme évanouie dans la nature. Ce n'était pas censé se passer ainsi. Son plan était simple : lui et Ida présentaient au monde une image factice de jeunes mariés comblés. Puis ils divorçaient dès que Cesare parvenait à s'affranchir de l'influence de Calogero.

Ida avala une gorgée de sambuca et grimaça comme si elle n'avait jamais bu d'alcool.

— Eh bien, tu aurais dû y penser avant de faire de moi ton bouc émissaire.

En effet. Il avait commis une erreur en se laissant dominer par sa colère et le regrettait amèrement. Ce qui l'étonnait était que Ida le lui reproche en face. Elle avait changé.

— Tu sais très bien qu'il n'y a jamais eu de divorce, Ida. Aucun papier n'a été signé.

La jeune femme haussa les épaules.

— Je ne connais pas la procédure. Je n'ai jamais été divorcée.

— C'est ce à quoi je suis venu remédier.

— Tu auras mis le temps.

Le culot de cette femme ! Elle parlait comme si c'était lui qui lui avait causé du tort et non l'inverse !

— J'avais d'autres chats à fouetter, répliqua-t-il.

Sa priorité avait été de relancer l'entreprise sabotée par Calogero et créer le profit dont il avait besoin pour évincer son ennemi sans que ce dernier s'en aperçoive.

— Et toi ? Quelle est ton excuse ?

Ses yeux verts lancèrent des éclairs. Ils lui évoquèrent les orages d'été en Toscane.

— L'idée ne m'est jamais venue que tu puisses laisser les choses telles quelles. Je pensais que tu t'étais arrangé pour obtenir le divorce ou une annulation, puisque le mariage n'a jamais été consommé.

Cesare serra les dents. Il imaginait les spéculations graveleuses s'il avait tenté de rompre leur union de cette façon. Personne n'aurait jamais cru qu'il avait refusé de toucher sa ravissante épouse. En la voyant dans sa robe de mariée transparente, tous les hommes présents à la cérémonie avaient dû rêver d'être à sa place !

Il avala une longue gorgée d'alcool. La brûlure anisée dans sa gorge l'aida à enrayer le cours de ses pensées, toujours promptes à dériver vers Ida dans cette robe faussement virginale. Ou dans cette nuisette aguichante qui avait mis le feu aux poudres... Il baissa les yeux sur son verre et s'étonna de le trouver vide. Cela ne lui ressemblait pas. Son grand-père lui avait enseigné la modération en toute chose, une leçon renforcée par l'exemple déplorable de son père. Cesare avait toujours su rester fort face à la tentation. Même poussé dans ses derniers retranchements, comme avec Ida.

— C'est pour cela que je suis là. Pour finaliser notre divorce.

Le plus tôt serait le mieux. Même après quatre ans d'absence, cette femme continuait à lui embrouiller l'esprit. D'où lui venait ce pouvoir mystérieux ?

Ida posa son verre sur la table basse.

— Parfait. Où dois-je signer ?

Cesare contint sa stupéfaction. Il s'était attendu à ce qu'elle tergiverse, proteste ou le supplie de revenir sur sa décision.

— Tu es d'accord pour divorcer ?

— Bien sûr.

Pour la première fois ce soir, ces grands yeux verts exprimaient une franchise totale. Elle lui donnait ce qu'il voulait sans broncher. Alors, pourquoi sa réponse le contrariait-elle ? Aurait-il préféré qu'elle refuse ? Ou était-il simplement blessé dans son orgueil ? Cesare avait l'habitude que ses amantes l'implorent de prolonger leur liaison. Du moins était-ce le cas avant son mariage. Ces dernières années, il avait délaissé le sexe pour consacrer toute son énergie au sauvetage de son héritage familial. Avait-il perdu son pouvoir de séduction ? Pas à en croire la façon dont Ida l'avait mangé des yeux plus tôt...

Elle non plus ne l'avait pas laissé de marbre. Quatre ans d'abstinence expliquaient cette réaction. Il était un homme en bonne santé avec un sain intérêt pour le sexe opposé. Il avait beau mépriser Ida, elle n'en était pas moins attirante. Et s'il s'était passé de sexe tout ce temps, ce n'était en aucun cas parce qu'elle l'obsédait.

Elle avait déboutonné son imperméable en arrivant, et lorsqu'elle se pencha son regard glissa de lui-même vers son décolleté. Le bustier était si échancré et poussait si haut ses seins que leurs pointes ne demandaient qu'à en jaillir. Le désir l'embrasa. La bouche sèche, il se leva et se dirigea vers le bar.

— Un autre ? offrit-il.

— Non, merci. Jamais plus d'un verre pour moi.

Comme s'il allait croire cela après l'avoir vue servir des shots dans un club de strip-tease.

Il prit son temps pour se resservir. Lorsqu'il se retourna, l'imperméable s'était ouvert sur les cuisses pâles de Ida galbées dans leurs bas résille. Cesare avait toujours préféré une sensualité discrète, suggérée plutôt qu'exhibée. Ce soir, il se découvrait aussi primitif que le reste de son sexe devant une tenue affriolante. Ses doigts se crispèrent autour de son verre. Il s'interdit de le vider. Il n'avait pas besoin d'alcool pour résister aux charmes de Ida.

— J'ai les papiers.

Il les jeta sur la table basse avant de se rasseoir. Alors seulement, il s'autorisa une gorgée de liqueur.

Ida parcourut brièvement chaque page jusqu'à la dernière. Cesare sortit un stylo de sa poche intérieure.

— Je ne peux pas signer, déclara la jeune femme.

Ah, on y était. Elle dévoilait enfin son jeu, prête à lui

soutirer un meilleur accord financier malgré leur contrat de mariage inattaquable. Un certain soulagement l'envahit. Il ne s'était pas trompé sur son compte.

— Je suis sûr que si, dit-il d'un ton suave.

Avec le bon montant, tout était possible. Il plaça le stylo devant elle.

— Tu voulais un divorce. C'est l'occasion ou jamais.

La jeune femme reposa les papiers.

— Crois-moi, je ne demande pas mieux que d'en finir. Mais ce document est en italien.

Cesare arqua un sourcil. Croyait-elle vraiment l'embobiner avec ce genre de tactique ?

— En quoi est-ce un problème ?

— Je ne comprends pas l'italien.

L'argument le prit de court. De fait, ils avaient toujours parlé en anglais avant le mariage.

— La cérémonie à l'église s'est déroulée en italien, observa-t-il.

— Je m'étais entraînée. Mon grand-père tenait à ce que je prononce mes vœux à la perfection.

— Et le contrat de mariage ? Tu n'as pas exigé de version en anglais pour le signer.

— C'était différent.

— Je ne vois pas en quoi.

La jeune femme leva le menton.

— Mon grand-père et son avocat avaient passé le contrat en revue pour moi.

Cesare fronça les sourcils. Jamais il ne signerait un document qu'il n'avait pas lu et compris par lui-même.

— Tu leur faisais confiance ? T'en avaient-ils expliqué les termes ?

Cela ne cadrait pas avec ses souvenirs. Une clause avait été modifiée juste avant le rendez-vous. Il avait vu Calogero lire attentivement ce paragraphe avant de le faire signer à Ida.

— Ou es-tu en train de me dire que tu ignorais ce à quoi tu consentais ?

Ida perdit patience.

— Quelle importance, Cesare ? J'ai signé ton précieux contrat de mariage. Tu ne risques rien. Je ne vais pas te plumer avec ce divorce.

Elle croisa les bras d'un air buté.

— Mais je ne signerai pas ces papiers tant qu'ils n'auront pas été traduits en anglais. On ne me fera plus accepter n'importe quoi.

L'accusait-elle de tenter de la duper ? L'insinuation le piqua au vif. Les Brunetti ne faisaient pas affaire ainsi. Il n'était ni un tyran ni un criminel comme Calogero.

— Soit.

Il vida son verre et le posa sur la table d'un geste sec. Il consulta sa montre. La nuit était déjà bien avancée.

— Il me faudra un peu de temps pour faire faire une traduction.

— Bien sûr, dit Ida en se levant. Appelle-moi quand…

— Non. Tu attendras ici.

— Pardon ?

Le ton de la jeune femme était plus glacial que la banquise. Dans l'instant, il fut près d'elle.

— Il y a quatre ans, tu as disparu sans laisser de traces. Tu crois vraiment que je vais te laisser partir avant d'avoir obtenu ta signature ?

Ida renversa la tête en arrière. Même sur ses talons aiguilles, elle ne lui arrivait qu'au menton. Il était bien plus grand et plus fort qu'elle, et cette aura implacable ne lui disait rien qui vaille.

— Tu es sérieux ?

— Toujours, répondit-il avec un hochement de tête.

— Tu sais où j'habite. Où veux-tu que j'aille ?

— J'ai retenu la leçon à Rome. Je ne commettrai pas deux fois la même erreur.

— C'est stupide ! s'agaça Ida. Moi aussi, je veux ce divorce. Je ne vais pas m'enfuir.

— C'est ce que tu dis.

Ses mots planèrent entre eux, lourds de sens. Il ne la croyait pas, réalisa-t-elle. Elle se redressa de toute sa hauteur.

— Moi aussi, je suis sérieuse. Je ne mens pas. Et puis, il faut que j'aille travailler, ajouta-t-elle.

— Tu viens de rentrer, pointa Cesare.

Elle roula des yeux.

— J'ai un deuxième travail.

Jo avait beau avoir repris certains de ses services de nuit pendant qu'elle la remplaçait au club, Ida faisait aussi des ménages en journée.

— Dis-leur que tu viendras demain.

Mais bien sûr ! Ses employeurs la payaient en liquide. Ils étaient satisfaits de son travail. Mais s'ils estimaient ne pas pouvoir compter sur elle, ils engageraient quelqu'un d'autre.

— Il n'y a pas à discuter, décréta-t-elle en refermant son imperméable. Je serai de retour vers 15 heures. Auras-tu la traduction d'ici là ?

— Sûrement.

Cesare s'interposa entre elle et la porte.

— Mais en attendant, tu restes ici. Il y a une chambre d'amis avec sa propre salle de bains, précisa-t-il.

Elle allait lui dire sa façon de penser quand le téléphone de Cesare sonna. Il lut le nom sur l'écran et décrocha. Non, mais quel culot ! Il n'avait même pas la décence d'ignorer ses appels pendant qu'il lui imposait ses quatre volontés !

Elle le dépassa d'un pas furieux, seulement pour être retenue par une main ferme autour de son poignet. Ce contact inattendu déclencha une vague de chaleur en elle. Pourquoi son corps réagissait-il si intensément à sa petite crise d'autorité machiste ? Elle se maudissait de sa faiblesse.

Elle fit volte-face en essayant de se dégager. Mais l'expression de Cesare l'arrêta. Il posa plusieurs questions d'un ton incisif avant de raccrocher.

— Qui est cet homme, Ida ?

Elle se figea devant la photo sur son téléphone. Bruno, l'homme de main de son grand-père, dans la rue en face de son immeuble. Une autre photo le montrait devant l'hôtel de Cesare. La panique la gagna. S'il savait où elle était, alors Fausto aussi. Elle n'était plus en sécurité. Ida chancela, vaguement consciente d'une main la soutenant par le coude. Mais le stress finit par la rattraper. Deux bras solides l'entourèrent au moment où ses jambes lâchaient, et elle se sentit quitter le sol. Une odeur familière d'agrume et de cèdre l'enveloppa. Une odeur qu'elle n'avait plus respirée depuis plusieurs années. Ida ferma les yeux, submergée par un tsunami d'émotions.

Lorsqu'elle les rouvrit, ils étaient sur le canapé, elle sur les genoux de Cesare, blottie contre lui. Elle se sentait… vidée. Épuisée physiquement et moralement. Les chocs s'étaient succédé toute la soirée et elle n'était pas sûre d'avoir encore la force de se battre. Elle devrait se lever et s'en aller. Mais pour aller où ? Bruno l'attendait-il, tapi devant l'hôtel ? Un violent frisson l'agita. L'étreinte de Cesare se resserra autour d'elle. Elle ne l'aimait pas et n'avait aucune confiance en lui. Mais elle se sentait à l'abri dans ses bras, comme si…

Comme s'il veillait sur elle. Lui qui lui avait pourtant fait tant de mal !

— C'est le même homme, n'est-ce pas ?

Elle hocha la tête.

— Qui a pris ces photos ? La personne que tu as postée devant chez moi ? demanda-t-elle.

— Lorenzo est mon chef de la sécurité. Il a vu ce type nous regarder partir et nous prendre en filature, alors il l'a suivi.

Cesare la dévisagea avec l'air d'attendre une explication. Mais trop de pensées se bousculaient dans la tête de Ida. Elle allait devoir déménager. Repartir de zéro. Elle devait à tout prix échapper à Bruno. Son grand-père était sûrement fou de rage après sa désertion, lui qui comptait sur son mariage avec Cesare pour se faire une place dans cette haute société qui l'avait toujours rejeté. Sa vengeance serait terrible. Continuer à habiter avec Jo, c'était la mettre en danger elle aussi.

Ida pressa une main contre sa tempe. L'angoisse la rendait malade. Pendant quatre ans, elle avait réussi tant bien que mal à garder la tête hors de l'eau. Elle avait trouvé un travail et un endroit où vivre. Elle avait même commencé à mettre un peu de côté avec le projet de s'installer un jour à la campagne. Tous ses espoirs venaient de s'envoler en fumée. Maintenant que Bruno avait retrouvé sa trace, elle devait partir sur-le-champ. Où irait-elle ? Où serait-elle en sûreté ?

— Parle-moi, Ida.

Pouvait-elle se confier à Cesare ? Les mots jaillirent spontanément de sa bouche.

— Il travaille pour mon grand-père.

— Oui, je remets son visage. Son garde du corps, c'est cela ?

— Entre autres fonctions.

Malfrat. Homme de main. Geôlier. Bruno avait plus d'une corde à son arc.

Elle frémit. Cesare la serra plus fort contre lui. Dans ses bras, elle ne se sentait plus prisonnière, mais protégée. Rien de tel qu'un danger imminent pour revoir ses priorités. Peut-être n'appréciait-elle pas Cesare. Mais, au moins, elle n'avait pas peur de lui.

Cesare sentit Ida trembler.

— Tu as peur.

Il eut honte du durcissement entre ses jambes. C'était indigne. La jeune femme défaillait littéralement de frayeur !

— Ce type est une brute, murmura-t-elle.

— Est-ce de lui que tu as peur ou de ton grand-père ?

Elle leva vers lui des yeux emplis de détresse. Un farouche instinct protecteur le saisit. Puis son regard glissa vers ses lèvres charnues et un autre instinct s'en mêla. Il n'avait eu qu'un avant-goût de leur douceur de miel à l'église…

Bon sang, qu'est-ce qui lui arrivait ? Était-ce la météo exécrable de Londres qui lui court-circuitait le cerveau ?

— Est-ce important ?

Peut-être pas. Mais quelque chose avait changé ce soir. À la seconde où il avait découvert Ida dans ce club miteux, tout s'était compliqué. Sa réaction n'était pas celle qu'il avait anticipée. Il y avait un mystère là-dessous, touchant directement à Ida et son grand-père. Et si le démêler était la clé de la chute de Calogero ?

Ida elle-même demeurait une énigme. Quel secret cachait-elle ? Pourquoi, après ce qu'elle lui avait fait, suscitait-elle en lui une réponse aussi viscérale ? Il ne pouvait en conscience lui tourner le dos dans l'état de terreur où elle se trouvait. Ce qui ne lui laissait qu'une seule solution, aussi aberrante soit-elle.

— Tu as un passeport, n'est-ce pas ?

Ida écarquilla les yeux, mais confirma sans poser de questions. Une demi-heure plus tôt, elle lui aurait rétorqué qu'elle n'irait nulle part avec lui.

— Lorenzo va passer le récupérer chez toi.

Elle inspira brusquement. La friction de ses seins contre son torse fit monter sa température de plusieurs degrés. Mais cette fois, il savait que ce n'était pas intentionnel. Pas plus que la façon dont elle s'humectait les lèvres avec sa langue. Elle était réellement terrorisée.

— Pas la peine. J'ai toujours mon passeport sur moi.

Un détail éloquent. Seules les personnes voyageant régulièrement prenaient ce genre de précaution… Ou celles prêtes à prendre la fuite à tout instant. De quoi le conforter dans sa décision.

— Bien. Nous partons pour l'Italie sur-le-champ.

6.

Une présence dans sa chambre réveilla Ida. Elle se redressa en sursaut, le cœur battant, encore agitée par d'horribles cauchemars. Le drap glissa sur sa poitrine nue... *Nue !* Elle le remonta précipitamment. Sa panique se dissipa lorsqu'elle se rappela qu'elle n'était pas dans son appartement de Londres, avec sa porte aussi fine que du papier. Le bruit n'était pas celui du sbire de son grand-père s'introduisant chez elle. Son pouls retrouva peu à peu un rythme normal.

Un rayon de soleil tombait sur le parquet ciré, recouvert d'un magnifique tapis ancien aux motifs de roses sur fond beige. Une femme mince aux cheveux grisonnants ouvrit les rideaux. Ida cligna des yeux, éblouie. Un ciel azuréen se découpait par la fenêtre, piqué d'un unique nuage blanc, boule de coton flottant dans un océan de bleu.

— Navrée de vous réveiller, *signora.* Je vous ai apporté votre brunch.

Elle désigna du menton un plateau sur la table.

— *Signor* Brunetti espère que vous aurez le temps de vous préparer avant l'arrivée des avocats à midi.

Midi ! Ida avait l'habitude de se lever à l'aube. Elle ne faisait jamais la grasse matinée. Mais depuis la veille elle avait l'impression d'être aspirée dans un tourbillon. Cesare avait résolu de l'exfiltrer de Londres sans délai. En pleine nuit, il avait organisé le voyage avec une facilité déconcertante : limousine jusqu'à l'aéroport, jet privé pour Florence, puis hélicoptère vers sa maison de campagne. Le plus stupéfiant était qu'elle ait accepté de le suivre ! Elle avait appris à ne compter que sur elle-même après avoir si difficilement reconquis sa liberté. Mais pour une raison inexplicable, elle faisait confiance à Cesare. Non qu'elle eût beaucoup d'options. Entre son futur ex-mari et Bruno, le choix était vite fait. Et puis, c'était agréable, pour une fois, de se reposer sur quelqu'un d'autre…

Elle se sermonna aussitôt. Elle ne pouvait s'autoriser pareil laisser-aller ! Déjà qu'un désir insidieux persistait à la tourmenter…

Elle s'éclaircit la gorge.

— Merci. Je n'aurais pas dû dormir aussi longtemps.

Elle hésita, mal à l'aise. Elle n'avait jamais eu de domestiques. La seule personne à l'avoir déjà vue au réveil était Jo.

— Comment vous appelez-vous ?

— Dorotea. Je suis la gouvernante.

La vieille dame sourit, mais ses yeux restaient méfiants.

— Bienvenue en Toscane, *signora* Brunetti.

Ida tressaillit. *Signora* Brunetti ? Pourquoi Cesare avait-il dévoilé sa véritable identité ? Ils s'apprêtaient à divorcer !

— Merci, Dorotea. Nous sommes-nous déjà rencontrées avant ?

— Non. Mais je vous ai reconnue d'après les photos du mariage. C'est un plaisir de vous recevoir enfin ici.

— Merci de votre accueil.

Ida rougit. Ce qui lui avait paru une solution simple et efficace sur le moment n'était en réalité pas sans complications. En venant ici, elle n'avait pas seulement fui Bruno. Elle avait *de facto* rendossé son rôle d'épouse de Cesare. Était-ce son but depuis le début ? Pour quelle raison l'avait-il aidée ? Elle revit son expression haineuse le soir où il lui avait révélé ce qu'il pensait d'elle. Non, sa décision semblait vraiment avoir été improvisée. Cesare n'était pourtant pas homme à laisser quoi que ce soit au hasard.

Elle écarta une mèche de son visage. Ses cheveux étaient poisseux à cause de la laque qu'elle utilisait pour les plaquer en arrière. Une coiffure sévère qu'elle avait adoptée après qu'un client l'eut agrippée par les cheveux pour la tirer vers lui. Un shampooing ne serait pas du luxe. Elle était si fatiguée à son arrivée qu'elle s'était contentée de se démaquiller, se déshabiller et s'écrouler au lit.

— *Signor* Brunetti m'a prévenue que vos bagages s'étaient perdus. Il y a des vêtements à votre disposition dans le dressing.

Des vêtements de femme ? Était-ce Dorotea qui les lui prêtait ?

— Merci. C'est très gentil à vous.

La gouvernante secoua la tête.

— C'est votre mari qu'il faut remercier.

Son mari !

Tout son être se révolta à cette idée. Après ce qui s'était passé, elle se considérait comme célibataire. Depuis quatre ans, elle était Maddy Wickham, un nom choisi pour échapper aux recherches de son grand-père.

Mais dans l'immédiat, c'était Cesare qui la préoccupait. Pourquoi la ramener chez lui ? Craignait-il à ce point qu'elle s'enfuie avant de signer son précieux divorce ? Sa main se figea sur la poignée de la porte du dressing. Avait-il l'intention de se remarier ? Voilà qui expliquerait ses précautions exagérées. Elle en conçut un étrange pincement au cœur. Elle n'avait aucune envie de rester mariée à lui. Alors pourquoi l'imaginer avec une autre la troublait-il ? Cela n'avait rien à voir avec le souvenir de ses bras protecteurs autour d'elle, ou de son corps musclé contre le sien…

Elle secoua la tête et entra dans le dressing. Seigneur ! Elle ne s'attendait pas à une pièce aussi luxueuse ! Des rangements sur mesure occupaient chacun des murs, avec une méridienne au centre ainsi qu'un miroir en pied. Mais c'est la profusion de vêtements qui la laissa véritablement bouche bée. Chaque article état rangé dans une housse en plastique comme s'il arrivait du pressing. Ou d'une maison de haute couture, découvrit-elle en y regardant de plus près. Sous ses yeux ébahis s'alignaient des tenues pour toutes les occasions. Les étagères débordaient de plus de chaussures qu'elle n'en avait vues de sa vie, toutes à sa pointure. Quant aux tiroirs, ils regorgeaient de lingerie en soie et dentelle, également à sa taille.

Une sonnette d'alarme retentit dans un coin de sa tête. Dans quoi avait-elle mis les pieds ? Qu'attendait Cesare d'elle ? Elle inspira profondément. Il lui devrait des réponses quand elle le verrait. Malgré ses questionnements, une robe lui avait tapé dans l'œil. Elle caressa du bout des doigts le tissu léger, imprimé de délicats motifs de feuilles et de violettes sur fond beige. Un ruban de velours améthyste ceignait le buste sous la poitrine, séparant le corsage de la jupe froncée, et remontait en bretelles sur les épaules. Une ravissante robe de cocktail, qui lui rappelait ses vieux rêves de fêtes, de rires et de romance…

Ida soupira. Un jean basique serait plus approprié. Mais la vie n'avait pas été rose ces quatre dernières années. Elle ne faisait que travailler pour subsister, vivant dans l'angoisse permanente d'être retrouvée. À Londres, sa garde-robe se constituait de pantalons et hauts bon marché, d'un unique manteau et d'une collection de pulls achetés en seconde main qu'elle enfilait à la maison quand elle et Jo économisaient sur le chauffage. Pourquoi ne pas saisir cette chance de porter autre chose ? N'avait-elle pas le droit de se faire un peu plaisir, elle aussi ?

Sans plus hésiter, elle décrocha le cintre.

Cesare sut que Ida était là, à la façon dont l'air se chargea d'électricité. Comment diable faisait-elle cela ? Il devrait être immunisé depuis qu'elle l'avait livré en pâture à tous les médias européens en filant à l'anglaise le soir de leurs noces.

Il pivota sur ses talons. Son souffle se suspendit. Un seul regard avait suffi à aspirer tout l'oxygène de ses poumons.

La barmaid de bas étage s'était métamorphosée en véritable souffle printanier. Cherchait-elle à faire oublier où elle travaillait en s'habillant ainsi ? C'était réussi. Mais son corps, lui, ne s'y trompait pas. Il reconnaissait la vamp séductrice sous les fleurs et les rubans. Quelle était la dernière femme à lui avoir inspiré un tel désir ?

Aucune depuis Ida.

Il y avait une raison à cela. Il avait son entreprise familiale à sauver. Sa vie privée était passée au second plan.

— Ida. J'ai failli ne pas te reconnaître sans ton corset et tes bas résille.

C'était un coup bas. Il la punissait de l'emprise qu'elle avait sur lui. Depuis quand s'abaissait-il à ce genre d'attaque ? Mais la jeune femme ne se laissa pas démonter.

— C'est ma tenue de travail, pas un choix personnel, dit-elle en s'avançant dans le bureau.

Cesare nota comment la jupe caressait ses jambes nues à chacun de ses pas. Comment le ruban de velours soulignait la rondeur de ses seins et la finesse de ses épaules. Elle était encore plus séduisante que dans son souvenir. Quatre ans plus tôt, elle l'avait totalement subjugué malgré lui. Un pouvoir qui ne semblait pas s'être atténué d'un pouce.

— Puisqu'on parle chiffons…

Elle s'immobilisa à sa hauteur. Alors seulement, il perçut son anxiété derrière la façade posée.

— À qui appartient cette robe ? Le dressing est rempli de vêtements à ma taille.

— Ils sont à toi.

Elle tressaillit en ouvrant des yeux ronds. Enfin une réaction !

— Je ne comprends pas, bredouilla-t-elle. Ma présence ici n'était pas prévue.

— Si. Il y a quatre ans.

— Tu veux dire… Après le mariage ?

Cesare enfonça les mains dans ses poches.

— Tous les yeux allaient être sur toi en tant que femme de P-DG d'une maison de luxe. Il était important que ton style reflète ton statut, ainsi que le talent de nos créateurs. Je t'avais donc commandé une nouvelle garde-robe.

Il n'avait jamais vraiment approuvé ses choix vestimentaires, qui ne lui seyaient pas malgré sa grâce et sa prestance. À croire qu'elle ne choisissait ces tenues qu'en fonction de leur prix.

— Mais tu as préféré disparaître et me laisser affronter seul les retombées.

Elle haussa un sourcil.

— Ne compte pas sur moi pour te présenter des excuses. N'importe quelle femme en aurait fait autant après ce que tu m'as dit ce soir-là.

Elle persistait à le faire passer pour le méchant de l'histoire ? Alors que c'était elle et son grand-père qui l'avaient fait chanter ?

— Si tu n'es pas prête à admettre la vérité…

Son regard assassin fit frémir son sang d'excitation. Cette fougue lui plaisait. Mais, à sa grande déception, elle détourna les yeux.

— Pourquoi avoir gardé tous ces vêtements, Cesare ? Tu n'espérais quand même pas que je revienne les porter ?

Était-ce ce qu'elle voulait entendre ? Son orgueil le sommait de la détromper.

— La raison est plus prosaïque. J'ai simplement oublié.

— *Oublié ?* Une pièce entière de vêtements de créateurs ?

Son incrédulité semblait réelle. Cela l'interloqua. Quelle que soit sa situation, elle était l'héritière d'une vaste fortune. Elle devait être habituée aux tenues haute couture et au luxe en général.

— J'avais d'autres préoccupations, figure-toi, entre mes affaires et ton grand-père. Sans parler des rumeurs après ta disparition me dépeignant comme une sorte de nouveau Barbe-Bleue…

La jeune femme porta la main à sa bouche.

— Ce n'est pas vrai !

— Tu sais bien que si. Les médias sérieux se sont abstenus de relayer ces ragots, mais pas les autres.

Cela avait été un cauchemar. Seul point positif : le scandale avait maintenu la marque Brunetti sous le feu des projecteurs et leur chiffre d'affaires avait explosé.

— Je ne savais pas, murmura Ida. Je n'ai pas suivi les nouvelles.

— Je t'en prie. L'histoire a fait la une des réseaux sociaux.

— Je n'y vais jamais.

Cesare fronça les sourcils. C'était peu crédible. Mais il commençait à se poser des questions. Qu'avait-elle fait au juste ces quatre dernières années ?

— Tu as vraiment gardé un dressing entier tout ce temps à mon intention ?

— Si je m'en étais souvenu, je m'en serais débarrassé, assura-t-il. C'est ma gouvernante qui m'y a fait penser quand j'ai mentionné que tu aurais besoin de vêtements.

— Je vois.

Tant mieux. Cesare ne voulait pas qu'elle se fasse des idées. Il n'y avait rien eu de sentimental dans ce geste, moins un cadeau de mariage qu'une nécessité.

— C'est une chance que rien n'ait été touché.

Ou Ida aurait dû se promener dans sa villa en tenue coquine. Son sang s'échauffa dans ses veines. De dégoût, bien sûr. Quoi d'autre ?

Une demi-heure plus tard, ils étaient de retour dans son bureau après le rendez-vous avec ses avocats. Cesare n'en revenait pas. Il avait été si sûr que Ida allait freiner des quatre fers au dernier moment. Mais tout s'était passé sans accroc. Elle avait lu les documents, posé quelques questions, puis signé sans hésitation. Il allait enfin être libre !

Cesare exultait. Après des années de manœuvres dans l'ombre, il était parvenu à évincer Calogero de ses affaires. Bientôt, cette vieille crapule se retrouverait derrière les barreaux. Et voilà que l'épouse qu'un odieux chantage lui avait imposée acceptait le divorce sans broncher. Pour quelle raison ? Si elle était aussi vénale que son grand-père, ne devrait-elle pas lui mener la vie dure afin d'obtenir une meilleure compensation financière ? Il avait besoin de réponses à ses questions. Toute information sur Calogero ne pouvait que servir sa cause.

— Comment retourne-t-on à Florence ?

Ida se tenait devant la fenêtre. Le soleil formait un halo de feu autour de ses cheveux et dessinait par transparence sa silhouette voluptueuse sous la robe diaphane. Le pouls de Cesare s'accéléra. Parce que sa question le prenait de court. En aucun cas parce que cette vision mettait ses sens en effervescence.

— Pourquoi me demandes-tu cela ?

— À ton avis ? Les papiers sont signés. Je n'ai plus aucune raison de rester.

Ida était pleine de surprises. Une fois de plus, elle défiait ses attentes. Mais ils étaient loin d'en avoir fini.

— Que dirais-tu de nous asseoir pour en discuter ? suggéra-t-il.

Aucune conversation ne serait possible tant qu'elle resterait devant cette fenêtre. La jeune femme haussa les épaules et alla s'installer dans un fauteuil. Cesare l'imita.

— Alors, comme cela, tu veux partir ?

— Évidemment, répondit-elle.

— Pour aller où ? Rentrer chez toi où t'attend l'homme de main de ton grand-père ?

Sa posture se raidit.

— Cela ne te concerne pas.

— Se pourrait-il que tu sois en mauvais termes avec Calogero ?

Ou était-ce Bruno qu'elle craignait ? Ida garda le silence.

— Réponds-moi, Ida. Es-tu brouillée avec ton grand-père ?

Elle eut un sourire de dérision.

— On peut dire cela.

La trace d'humour sur ses traits s'évanouit aussi vite qu'elle était venue. Cesare s'adoucit.

— Tu pourrais rester ici quelques jours, proposa-t-il avec

circonspection, jaugeant sa réaction. Tu y serais en sécurité le temps de réfléchir à la suite.

Il songea à son père. À ses décisions stupides sous l'influence de ses maîtresses. C'était différent pour lui. Il n'était pas amoureux de Ida. Il cherchait seulement à la protéger.

La jeune femme le considéra avec surprise.

— Pourquoi ferais-tu cela ?

Parce qu'il n'était pas un monstre et ne laissait pas une femme à la merci d'un dangereux malfrat.

— Parce que tu as peur de lui.

Ida ne répondit pas, mais son regard parlait pour elle. Cesare éprouva un élan de compassion. Elle était au cœur du chantage qui l'avait placé entre les griffes de Calogero. Mais il ne pouvait s'empêcher de penser au rapport de ses détectives. À cette fillette devenue orpheline à huit ans, ballottée entre une île isolée et la luxueuse villa londonienne de Calogero. Pour la première fois, il remettait en question ses certitudes. Et si Ida n'avait pas eu l'existence dorée qu'il lui avait toujours prêtée ?

— Je ne suis pas sous ta responsabilité. Tu me détestes.

Cesare ne démentit pas. Pour des raisons qu'elle se refusait à analyser, Ida en fut blessée.

— Peut-être doutes-tu de l'amitié d'un homme contraint par la menace de t'épouser, reprit Cesare.

En effet. Mais, dans sa naïveté, elle n'avait pas eu conscience de la situation. Elle avait cru lui plaire. Elle lissa sa jolie robe du plat de la main. S'il ne lui avait pas révélé la vérité ce soir-là… Si elle était venue ici comme prévu et avait découvert le splendide dressing qu'il avait constitué pour elle… Qui sait jusqu'où seraient allés ses sentiments pour lui ?

— Non, je ne crois pas en une quelconque amitié entre nous, murmura-t-elle, les yeux baissés.

— Les choses ont changé, Ida.

Elle releva la tête.

— Que veux-tu dire ?

— Tu as comploté contre moi. Mais nous pourrions collaborer, à présent.

Ida songea à plaider sa cause à nouveau. Lui expliquer qu'elle ignorait tout du chantage de Fausto. Qu'elle n'avait jamais été son ennemie. Cela lui faisait mal qu'il la range dans le même sac que son grand-père. Mais il ne la croirait pas. Quelle preuve avait-elle de sa bonne foi ?

— Je t'écoute.

— Toi et ton grand-père ne vous entendez plus. Les ennemis de mes ennemis sont mes amis. Si c'est toi qu'il vise, je me ferai un plaisir de contrecarrer ses plans.

— Tu veux dire que tu serais prêt à me défendre rien que pour lui mettre des bâtons dans les roues ?

Une lueur indéchiffrable s'alluma dans les yeux de Cesare.

— Est-ce si difficile à concevoir ?

Un peu, oui ! Elle connaissait son mépris pour elle. Pourtant, en voyant à quel point Bruno l'effrayait, il n'avait pas hésité à la mettre à l'abri, allant jusqu'à l'emmener chez lui en Italie. N'était-ce pas la preuve que derrière sa dureté se cachait un bon fond ? Ou était-il seulement, comme son grand-père, prêt à tout pour l'emporter ?

Ida frissonna. Difficile de reprocher à Cesare sa haine envers Fausto. Elle partageait ce sentiment. Mais elle avait vu comment la soif de vengeance noircissait l'âme d'un homme en lui ôtant toute décence morale. Et puis, il y avait autre chose, elle le sentait. Une autre raison à sa proposition. Mais laquelle ? Elle ne savait rien des secrets de son grand-père. Si Cesare espérait lui soutirer des informations, il risquait d'être déçu. Elle n'avait plus revu Fausto depuis le mariage – Dieu merci. Ces quatre dernières années avaient été éprouvantes, mais aussi, d'une certaine façon, les plus heureuses de sa vie en dehors de ces jours bénis d'avant la mort de ses parents.

Ida se leva d'un bond. Trop d'émotions se bousculaient en elle. Le doute la tiraillait, et la troublante proximité de Cesare n'arrangeait rien.

— Ida ?

Sa voix grave glissa sur sa peau tel du velours. Horrifiée, elle sentit les pointes de ses seins tendre son corsage. Sa chair palpitait entre ses cuisses.

— Je… J'ai besoin d'y réfléchir.

Elle mit de la distance entre eux. Mais quelques mètres ne suffiraient pas à la protéger de son puissant magnétisme. Elle devrait le savoir depuis qu'il avait surgi devant elle au club. En quatre ans, son attirance pour lui ne s'était jamais estompée. Elle avait eu beau se répéter qu'elle le haïssait, elle le désirait au moins autant.

Soudain, il ne fut plus à quelques mètres, mais juste derrière elle. Son souffle tiède balayait sa nuque. La chaleur de son corps se communiquait au sien.

— Reste, Ida. Pour une autre raison.

— Laquelle ?

Elle se retourna. Grave erreur. Son souffle se bloqua devant l'expression de Cesare. Ses mains remontèrent le long de ses bras jusqu'à ses épaules, avant d'encadrer son visage. Il ne lui vint même pas à l'idée de résister. Il y avait une telle douceur dans son geste, qui lui fit pourtant l'effet d'un séisme.

Cesare s'approcha encore.

— Celle-là.

7.

Ida tangua vers Cesare, qui eut un geste pour l'enlacer.

Non, non, non !

Elle ne devait pas. Après la cruauté avec laquelle il l'avait rejetée, elle ne pouvait pas lui faire confiance. Mais son corps semblait d'un autre avis. Une fièvre brûlante se répandait entre ses reins. Cesare la désirait. Elle le lisait dans ses yeux. C'était nouveau. Ida avait beaucoup mûri en quatre ans. Elle avait vu le même désir dans le regard d'autres hommes, surtout depuis qu'elle remplaçait Jo au club. Mais jamais ces regards ne lui avaient inspiré une réponse aussi viscérale.

Elle carra les épaules, luttant contre la tentation. Elle rêvait qu'il l'embrasse, pas du bout des lèvres comme à l'église, mais dans un baiser passionné. Sa faiblesse l'horrifiait. Après quatre ans ! Comment pouvait-elle encore se pâmer de désir pour lui ?

— Alors c'est pour cela que tu veux que je reste ? Pour le sexe ? dit-elle d'une voix étranglée. Tu crois que travailler dans ce club fait de moi une vulgaire prostituée…

— Non !

Cesare pressa un doigt sur ses lèvres.

— Cela n'a rien à voir. Il s'agit de toi et moi. Rien d'autre.

Ida recula la tête. Mais ses pieds, eux, refusaient de bouger. Peut-être parce que sa façon de la regarder en cet instant lui donnait envie de le croire. Ils restèrent ainsi quelques secondes, les yeux dans les yeux. Figés dans l'instant. Puis lentement, les mains de Cesare retombèrent le long de son corps.

— Il n'y a pas de « toi et moi », Cesare. Il n'y en a jamais eu. Malgré les espoirs qu'elle avait nourris autrefois.

— Mais notre attraction sexuelle est toujours là, n'est-ce pas ? Elle ne s'est jamais dissipée.

Ida cilla. Insinuait-il qu'il la désirait depuis le début ? Et qu'il n'avait jamais cessé depuis quatre ans ?

— Tu la ressens aussi, je me trompe ? Cette décharge électrique quand nos yeux se croisent…

Elle la ressentait en cet instant même, à son grand dam. Sous son regard de braise, son corps s'électrisait, plus vivant que jamais.

— Ta respiration s'accélère. Tu as l'impression de manquer d'air…

Seigneur, comment faisait-il cela ? Elle se sentait comprimée dans son corsage, comme si l'oxygène ne parvenait plus à ses poumons. Son souffle se raccourcit.

— Tes mains te démangent car tu meurs d'envie de me toucher… Les miennes aussi, susurra Cesare. Je les veux partout sur toi.

Ida serra les poings, mais le mal était fait. Elle imaginait ses mains sur son corps, explorant là où nul homme ne s'était aventuré, excepté lui dans ses fantasmes les plus osés. Elle lui aurait demandé d'arrêter si sa voix ne risquait de trahir à quel point ses mots l'affectaient.

— Tu as le visage en feu, Ida. Tu le sais ? Tu te consumes de désir…

Au prix d'un effort, Ida s'arracha à sa transe. Elle fit un pas en arrière, effarée. Était-elle si transparente ? Il avait raison. Tout ce qu'il décrivait, c'était exactement ce qu'elle ressentait en sa présence. Cette moiteur entre ses cuisses… Elle avait beau être vierge, elle savait ce que cela signifiait. De tous les hommes, il avait fallu que ce soit *lui* qui l'éveille à sa féminité ! Le pire était qu'elle ne demandait qu'à succomber !

Elle s'éclaircit la gorge.

— Quelle imagination. Mais si c'est du sexe que tu veux, il va falloir chercher ailleurs.

Les yeux de Cesare étincelèrent, signe qu'il n'était pas dupe.

— Si seulement c'était aussi simple… Mais c'est toi que je veux, Ida. Pas la première femme venue. *Toi.*

Le cœur de Ida fit un salto. Il parlait comme si aucune autre femme ne l'intéressait. N'était-ce pas admettre une faiblesse ? Si elle avait appris une chose de son grand-père, c'était le danger de se montrer vulnérable devant l'ennemi.

— Méfie-toi, Cesare. Je pourrais croire que tu t'attaches.

Il rit, d'un rire de gorge sexy qui fit trembler ses défenses. Elle aimait son rire, découvrait-elle. Elle avait même très envie de l'entendre à nouveau.

Arrête cela !

— Tu es très différente d'avant, remarqua Cesare.

— J'ignore si c'est un compliment ou non. À vrai dire, je me moque de ce que tu penses. Pour ma part, je ne t'apprécie pas.

Autrefois, elle buvait ses paroles et chérissait ses rares sourires. Avec lui, l'avenir semblait plein de promesses. Alors quand il s'était retourné contre elle en l'associant aux crimes de Fausto sans même lui donner une chance de se défendre, elle avait été anéantie. Mais elle s'était endurcie depuis.

— Qui a dit que nous avions besoin de nous apprécier ?

Un sourire suggestif étira ses lèvres. Ida sentit sa peau s'enflammer malgré elle.

— Au contraire. La tension ajoutera du piment. Il n'est pas question de quoi que ce soit de sérieux, bien sûr.

Ida affecta la désinvolture.

— Oui, j'avais compris. Tu veux juste me mettre dans ton lit.

— Tu ne dirais pas non, repartit Cesare d'un ton suave. Cela se voit comme le nez au milieu de la figure.

— Tu sais ce qu'on dit. Les apparences sont trompeuses.

Un mensonge éhonté. Elle s'interdit de reculer davantage. Plutôt mourir que faire ce plaisir à Cesare, qui y verrait – à juste titre – la preuve de son effet sur elle.

— Tu ne m'as pas répondu. Comment puis-je rejoindre Florence ?

— Et après, où iras-tu ? questionna Cesare. Ton grand-père

doit avoir appris que tu étais avec moi et faire surveiller mes propriétés. On te filera à la seconde où tu mettras le pied dehors.

Il disait sûrement vrai. Elle qui espérait se fondre dans la masse de touristes à Florence avant de disparaître… Elle n'avait pas réfléchi plus loin que cela. Le fait est qu'elle ne pouvait plus retourner à Londres, ni chez sa cousine en Écosse.

Elle planta les poings sur ses hanches.

— Que suggères-tu, Cesare ? De m'offrir ta protection à condition que je couche avec toi ?

Une brusque colère déforma ses traits. Cela ne dura qu'une seconde. Mais c'était rassurant de constater que l'idée le répugnait.

Ce fut lui qui recula.

— Calogero m'a appris quelques ficelles dans l'art du coup bas. Mais je ne suis pas comme lui. Je ne suis pas un maître chanteur, ni un prédateur sexuel. Je n'ai jamais eu besoin de forcer la main à une femme.

Il marqua une pause pour donner plus d'impact à ses mots. À l'évidence, elle avait égratigné son ego en appuyant là où cela faisait mal.

— Mon offre tient toujours. Tu peux rester ici le temps de te retourner. Sans contreparties.

Il était sincère. Elle n'avait aucun doute là-dessus.

— Hum, merci.

Au fond, elle lui était redevable. Il l'avait aidée à quitter Londres alors qu'il aurait pu simplement prendre ses cliques et ses claques sitôt les papiers du divorce signés. À présent, il lui offrait de prolonger sa protection pendant qu'elle réfléchissait à un plan B. Sa générosité la déconcertait. C'était plus facile d'affronter Cesare quand elle pouvait le haïr.

— Quant à cette affinité entre nous… Nous sommes deux adultes et ce n'est que du sexe. Notre mariage est un fiasco orchestré par ton grand-père. Autant en retirer un peu de plaisir, non ?

— Parce que c'est pratique ? lança-t-elle d'un ton sardonique.

Pour cacher combien elle était blessée.

— Pratique ? Tu crois que cette situation est *pratique* ?

Les yeux de Cesare flamboyèrent. Elle aussi était capable de le désarçonner. Exactement comme il l'avait fait avec elle. *Chacun son tour.*

Son expression se ferma.

— Tu as raison. Notre divorce écarte tout risque de malentendu sur la nature de nos rapports. Il ne s'agit que d'assouvir un désir mutuel, puis chacun reprendra sa vie de son côté.

— Je vois.

Sans doute était-elle naïve, mais le maelström de sensations qu'il soulevait en elle par sa seule présence lui semblait bien plus complexe qu'un simple besoin physique. Mais qu'en savait-elle ? Elle n'avait jamais eu de relation, sérieuse ou sans lendemain. Peut-être avait-il raison. Peut-être coucher avec lui la guérirait-il de sa fascination.

Ou peut-être était-ce jouer avec le feu.

— Nous sommes dans une position unique, reprit Cesare. Mariés, bientôt divorcés, mais sans avoir consommé notre union.

Son regard happa le sien. Une onde électrique la traversa.

— Peut-être est-ce cela, le problème. Nous n'avons jamais eu d'exutoire à cette attraction entre nous.

Ida déglutit.

— C'est toi qui as coupé court à notre nuit de noces, je te rappelle. Tu n'étais pas d'humeur.

— Peux-tu m'en blâmer ?

Non, elle comprenait sa rancune. Cesare était un homme fier et Fausto l'avait mis à genoux. Mais cela n'excusait pas qu'il s'en soit pris à elle. Elle avait été une victime autant que lui. Hélas, elle n'avait aucune preuve. Et jamais il ne la croirait sur parole.

— Tu t'es conduit de manière odieuse, se défendit-elle néanmoins.

Cesare pinça les lèvres. Il ne s'attendait pas à ce qu'elle pointe du doigt ses propres fautes. Mais sa réponse l'étonna :

— C'est vrai. J'avais tellement pris sur moi pendant des

mois que mes nerfs ont lâché. Ce n'était pas mon but de te faire fuir. Ma colère était surtout dirigée contre ton grand-père.

« Surtout. » Donc elle l'était aussi contre elle.

— Ce n'est pas une excuse.

— En effet. Je me targue de ne jamais répondre à la provocation. Mais ce soir-là…

Il secoua la tête.

— Colère, désir et frustration forment un cocktail dangereux.

Désir ? Il avait eu envie d'elle ce soir-là ? Une part d'elle exulta. Elle ne devrait pas réagir ainsi. Mais savoir cela mettait un peu de baume sur sa fierté.

— Et tu penses qu'une nuit de noces tardive va t'aider à tourner la page ?

— Pas moi, Ida. *Nous*. Toi et moi sommes dans le même bateau.

Le sang afflua à ses joues. Elle mentirait si elle lui donnait tort.

— Intéressant. Je vais y réfléchir.

— Une dernière chose… Je ne te le demanderai pas une seconde fois.

L'éclat de ses yeux s'intensifia.

— Il n'y a aucune pression. Le sexe n'est pas une condition à ma protection. C'est toi qui décides quand tu veux sauter le pas.

« Quand » ? Pas « si » ? L'arrogance de cet homme ! Son expression oscillait maintenant entre amusement et impatience. L'indignation la gagna. Elle allait quitter la pièce en claquant la porte quand un détail lui revint, plus important que l'ego surdimensionné de Cesare.

— Ravie d'entendre que tu es prêt à attendre…

Que les poules aient des dents, compléta-t-elle en son for intérieur.

— D'ici là, j'ai besoin d'envoyer un paquet à Londres. Y a-t-il une poste dans les environs ? s'enquit-elle.

— Un paquet ?

Cesare plissa des yeux méfiants.

— Tu es venue sans aucun bagage.

Que croyait-il ? Qu'elle avait volé un bibelot précieux dans sa chambre et tentait de l'expédier clandestinement en Angleterre ? L'idée l'aurait fait rire si elle n'était pas aussi lasse d'être constamment soupçonnée à tort.

Elle leva le menton.

— Je dois renvoyer à Jo les vêtements et les chaussures que je portais hier soir.

— Jo ? Ta colocataire ?

Qui d'autre ? Cela ne répondait pas à sa question. S'il n'y avait pas de poste, elle allait devoir engager un coursier. L'expédition coûterait plus cher, mais Jo avait besoin de sa tenue. La réapparition de Bruno l'avait tellement stressée qu'elle n'y avait pas pensé avant de suivre Cesare en Italie.

— Pour quelle raison ?

Bon sang, de quoi se mêlait-il ? Il n'avait pas pensé à elle une fois en quatre ans, et voilà qu'il insistait pour tout connaître de sa vie !

— Parce que ce sont les vêtements de Jo, d'accord ? Je les lui ai empruntés quand je l'ai remplacée au club. Elle en a besoin pour reprendre.

Jo ne roulait pas sur l'or. Elle n'avait pas les moyens de tout racheter. Surtout le bustier en cuir.

Sa réponse réduisit Cesare au silence. C'était sans doute la première fois qu'on lui clouait le bec. Ce fut de courte durée.

— Pourquoi avoir accepté de la remplacer ?

Ida soupira. Son regard glissa vers la fenêtre, qui encadrait un paysage de carte postale avec son village pittoresque niché dans les collines au loin. Vert et ocre se mariaient harmonieusement sous le ciel d'azur. Ida aurait volontiers absorbé un peu de cette sérénité imprégnant les lieux.

— Jo s'est fait agresser.

Elle se remémora leur passage aux urgences. Son inquiétude pour son amie, blessée et traumatisée.

— Elle était trop mal en point pour retourner au club tout

de suite. Même quand son état s'est amélioré, le maquillage ne suffisait pas à dissimuler ses bleus.

— Alors tu l'as remplacée ?

— Pendant quinze jours. Jo ne peut pas se permettre de perdre ce travail. Elle reprend lundi.

— Je croyais que tu travaillais aussi, observa Cesare.

— C'est le cas.

Ida se mordit la lèvre. Elle s'était constitué une clientèle fidèle grâce à son sérieux et son application. Elle et Jo avaient tout fait pour la conserver ces deux dernières semaines. Ida, en jonglant entre ses services en journée et le club le soir. Jo, en reprenant certains de ses ménages de nuit dans des bureaux quand elle se sentait assez en forme.

Et tout cela pour rien.

Même si elle retournait à Londres, elle devrait changer de quartier pour disparaître à nouveau. Cela signifiait abandonner ses clients et tout recommencer ailleurs.

— Ida ?

Cesare la dévisageait avec attention.

— Tu ne travaillais dans ce club que pour aider ton amie ?

Qu'est-ce que cela pouvait lui faire ?

— Oui. Hier soir, c'était mon dernier service. Jo reprend après-demain. Le paquet peut-il arriver à temps, selon toi ?

Cesare continuait à la fixer pensivement, comme s'il essayait d'assembler les pièces d'un puzzle. Quel puzzle ? Il y avait bien longtemps qu'il avait condamné son caractère, non ? À moins qu'il ne soit plus intéressé par une liaison avec elle ? Peut-être était-ce bien son travail dans un strip-club qui avait motivé son offre, en fin de compte. Une inexplicable déception l'envahit. Cette offre devrait l'indigner. Au lieu de quoi, elle l'intriguait. Ida se surprenait à être… *tentée*.

— Oublie la poste, dit Cesare d'un ton abrupt. Dorotea préparera le paquet. Je me charge de le faire livrer.

— Laisse-moi te donner l'adresse…

— Inutile. Je l'ai déjà.

Quelle mouche le piquait ? Il avait l'air de mauvaise humeur, tout à coup. Dieu seul savait pourquoi.

Ida n'insista pas.

— D'accord. Merci. Je vais chercher les affaires.

Cesare regarda Ida quitter la pièce, les yeux aimantés à sa démarche chaloupée. Ses cheveux relevés mettaient en valeur sa nuque gracile et la pâleur nacrée de ses épaules. Il serra la mâchoire. Peu importait sa beauté. Elle restait la femme qui avait contribué à le faire chanter. Si elle ne lui avait rien demandé en quatre ans, c'était uniquement parce qu'elle bénéficiait du soutien financier de Calogero. À présent qu'ils étaient brouillés, elle devait compter sur une compensation juteuse après leur divorce.

Mû par le besoin de prendre l'air, il sortit sur la terrasse. Aucun parfum de luxe ne valait l'odeur du gazon fraîchement tondu. Des vieilles pierres chauffées par le soleil. L'odeur de chez lui. Cet endroit l'aidait à se recentrer sur lui-même. Dire qu'il avait failli le perdre, ainsi que tout ce que sa famille avait travaillé si dur à construire, à cause de Calogero…

Ses pensées revinrent à Ida. Les propos de la jeune femme le troublaient. Sa façon de lui tenir tête lui plaisait et l'exaspérait à la fois. Il n'avait pas réussi à lui soutirer la moindre information. Quoi d'étonnant à cela ? Elle le détestait autant qu'il la méprisait. Et pourtant…

Il continua dans les jardins, le visage offert aux rayons du soleil. Après la grisaille londonienne, il avait l'impression de revivre. Mais son malaise persistait. Il s'était de nouveau trompé sur Ida. Cela ne devrait avoir aucune importance, où elle travaillait. Ce n'était pas ses affaires. Elle gagnait sa vie comme elle l'entendait. Alors pourquoi avait-il vu rouge en la découvrant dans ce club, exactement comme l'en avaient informé ses détectives ? Pourquoi avait-il été si résolu à la faire sortir de là ? Et d'où lui étaient venues ces pulsions de violence en voyant les autres hommes la déshabiller des yeux ?

Il la désirait. Voilà pourquoi. La désirer alors qu'elle s'exhibait de cette façon l'avait mis hors de lui.

Mais *pourquoi* ?

Elle n'était sa femme que sur le papier. Elle n'avait aucune place dans sa vie. Cela ne l'avait pas empêché de régresser en homme des cavernes en la trouvant là. Apprendre qu'elle ne faisait que remplacer une amie avait été un profond soulagement. Sa solidarité envers sa colocataire forçait l'admiration. Elle semblait plus inquiète des problèmes qu'elle risquait de lui causer que de sa propre situation.

Ida Montrose… Non, Ida Brunetti se révélait plus complexe qu'il ne l'avait cru. Elle était si frustrante ! Qu'elle soit une amie loyale et ait coupé les ponts avec Calogero n'effaçait pas le fait qu'elle ait fait de lui la risée de l'Europe, d'abord par son rôle dans le chantage de son grand-père, puis par sa disparition. Mais il s'interrogeait sur elle. Sur les émotions qu'elle remuait en lui. Il ne lui avait proposé qu'une simple passade. Depuis quand le sexe soulevait-il chez lui de tels débats intérieurs ? Si cette liaison l'aidait à collecter des informations contre Calogero, d'une pierre deux coups. Ida se méfiait et ne l'appréciait pas. Mais ses talents d'actrice lui faisaient défaut quand il s'agissait de masquer son désir. Elle avait envie de lui, autant que lui d'elle.

Un sourire plana sur ses lèvres.

Vivement qu'ils entrent dans le vif du sujet.

8.

Ida contemplait la vue depuis le balcon de sa chambre. Les collines ondulaient dans le crépuscule, piquées çà et là de lumières révélant la présence d'une ferme ou d'un village. L'air était doux et parfumé. Rien à voir avec Londres. À quoi cela ressemblerait-il de vivre dans un tel coin de paradis ? Ida avait appris à aimer les extrêmes de la petite île où elle avait grandi : ses plages de sable blanc, aux eaux turquoise mais glacées, ses vents vifs si prompts à virer à la tempête… À Londres, elle se languissait de la campagne. Elle rêvait d'un lieu paisible, loin de l'effervescence bruyante de la capitale. Un lieu où elle se sente vraiment chez elle.

Où prendre un nouveau départ ? Liverpool ? Birmingham ? Une grande ville permettait de se fondre dans la masse. Mais ce n'était pas ce qui l'avait protégée de Bruno, ni de Cesare. Tous deux avaient fini par la localiser. Un village isolé, alors ? Il serait plus difficile d'y trouver du travail pour gagner sa vie. Elle doutait que le divorce lui rapporte le moindre sou. Fausto avait dû trafiquer le contrat de mariage afin que toute compensation passe par lui. De toute façon, elle ne voulait pas de l'argent de Cesare. Pas après ce que son grand-père lui avait fait.

Ida s'appuya contre la balustrade. Cet endroit était si tranquille… Il avait beau s'agir de la maison de Cesare, elle s'y sentait en paix. Peut-être était-ce le calme environnant. Ou le fait d'avoir un moment à elle pour réfléchir. Se savoir en sécurité faisait toute la différence. Malgré cela, elle ne parvenait pas à se relaxer.

La suggestion de Cesare ne quittait pas son esprit. S'offrir la nuit de noces qu'ils n'avaient jamais eue ? Il ne manquait pas d'air ! Mais son indignation ne faisait pas le poids face à la fascination qu'il exerçait sur elle. À vingt-trois ans, elle n'avait aucune expérience sexuelle. Elle avait passé l'essentiel de sa vie sur une île minuscule, élevée par Kate, une cousine de sa mère, qui lui avait fait l'école à la maison. Ida avait ensuite continué ses études en ligne. Elle n'avait côtoyé que très peu d'hommes, excepté Fausto et son horrible sbire. C'était son inexpérience qui l'avait fait tomber sous le charme de Cesare, si séduisant et charismatique. C'était ce qu'elle s'était dit. Mais en quatre ans, aucun autre homme ne l'avait jamais attirée.

Depuis qu'il avait refait irruption dans sa vie, Cesare l'obsédait. Chacune de leurs interactions l'électrisait. Ou même le seul fait de penser à lui comme maintenant. Elle ne l'appréciait pas. Mais entre eux existait une incontestable alchimie. Purement sexuelle ? Elle l'espérait. On ne l'y prendrait plus à rêver de contes de fées avec Cesare Brunetti. Une banale attirance physique était facile à satisfaire. Cesare savait de quoi il parlait. Il avait eu de nombreuses amantes. De là à se donner à lui…

Ida n'aimait pas l'idée d'être à la merci d'un homme. Coucher avec lui, n'était-ce pas se rendre vulnérable ? Mais n'en avait-il pas fait autant en admettant qu'il la désirait ?

Elle se mit à arpenter le balcon, incapable de rester en place. Deux points la déconcertaient : la sollicitude de Cesare, qui n'avait pas hésité à la protéger contre Bruno, et le désir qu'il professait avoir pour elle. Cesare avait-il changé ? Ou dévoilait-il une facette de lui dont elle ignorait jusque-là l'existence ? Cet homme était une énigme. Il l'irritait et la captivait à la fois.

— Problèmes d'insomnie ?

Ida sursauta. Cesare l'observait, bras croisés contre le

chambranle d'une autre porte-fenêtre. Torse nu. Il exsudait une telle virilité dans cette pose nonchalante ! Le cœur de Ida manqua un battement. Son regard glissa le long des larges épaules, des pectoraux saillants, puis plus bas, vers les hanches étroites sur lesquelles tombait bas le pantalon. Son corps d'athlète se devinait sous ses costumes sur mesure. Mais le découvrir dans toute sa splendeur était autre chose. Ida se raccrocha à la balustrade.

— Désolée, balbutia-t-elle. Je ne savais pas…

Elle ne se serait pas aventurée plus loin sur le balcon si elle avait su qu'il communiquait aussi avec la chambre de Cesare.

— Dommage, dit Cesare. Je croyais que tu avais décidé de me rejoindre.

La pénombre masquait son expression. Mais la tension visible dans ses épaules démentait son apparente décontraction. Son cœur battait-il aussi fort que le sien ? Les mains de Ida la démangeaient de vérifier. Qu'est-ce que cela ferait de les poser sur son torse ? Le duvet noir le parsemant serait-il doux ou rêche au toucher ?

Elle serra les poings contre la tentation.

— Je faisais seulement les cent pas en réfléchissant, se justifia-t-elle.

— Et à quoi réfléchissais-tu ? À nous ?

Ida faillit répliquer qu'il n'y avait pas de « nous ». Mais ce serait un mensonge. La vie lui avait appris à regarder la vérité en face. Fuir les problèmes ne résolvait rien. Et elle avait bel et bien un problème. Depuis quatre ans, Cesare était là, toujours avec elle, fantôme invisible hantant son quotidien. Rien ne semblait devoir l'en libérer. Ni la haine ni la distance n'y avaient réussi. Pas même l'adversité.

Elle avait *essayé* de résister. En vain. Et si l'offre de Cesare, aussi insensée soit-elle, était le remède miracle ? Ses yeux errèrent sur son corps. Elle s'imagina le touchant, le caressant, découvrant ses secrets en même temps que ceux de sa féminité…

Était-ce cela, la vraie raison ? Un irrépressible désir de s'initier au sexe ?

Elle n'avait jamais eu l'occasion d'explorer sa sexualité, adolescente. Encore moins par la suite, trop concentrée sur sa survie. C'était cela qui l'attirait dans la proposition de Cesare, conclut-elle avec soulagement. La chance d'éveiller une part d'elle inconnue. Cela n'avait rien à voir avec Cesare lui-même. Il n'était pas *spécial*.

Rien n'était jamais acquis dans la vie. Surtout pas le bonheur. Tout plaisir était éphémère. Si une liaison d'un soir lui faisait momentanément oublier sa peur de l'avenir, pourquoi lutter ?

Sans plus réfléchir, elle combla la distance entre eux. Il ne l'arrêta pas. Au contraire, il ouvrit les bras et elle plaqua les deux mains sur son torse. Elle avait sa réponse : la toison était soyeuse sur ses pectoraux d'acier. Le cœur de Cesare cognait contre sa paume. Cela lui donna de l'audace. Elle imprima les lèvres sur sa peau et la lécha du bout de la langue. Dans sa bouche se répandit l'essence salée de Cesare. Un spasme l'agita. Elle avait cru savoir ce qu'était le désir. Mais elle ne savait rien. Elle avait entrouvert la boîte de Pandore et ne comptait pas en rester là.

Cesare regarda Ida marcher sur lui telle une guerrière lançant l'assaut. Allait-elle protester ou le gifler pour son impertinence ? Rien n'aurait pu le préparer à l'impact de ses mains sur lui, très vite rejointes par sa bouche. Elle le conquérait de ses lèvres et de sa langue, tout en traçant avidement les contours de son corps. Son souffle se raccourcit.

Il l'entoura de ses bras au cas où l'idée lui prendrait de se défiler. Elle ne parut pas s'en apercevoir, trop occupée à opérer sa magie sur lui. Un gémissement passa ses lèvres, si sexy que son corps réagit au quart de tour. Il avait espéré qu'elle vienne le retrouver, mais n'y croyait qu'à demi. Une fois de plus, elle défiait ses attentes. Une onde de feu embrasa ses veines comme elle le mordillait le long de la clavicule.

— Ida…

Il lui releva doucement le visage. Ses yeux verts étaient voilés, ses lèvres entrouvertes. Il pencha la tête vers elle, dans l'attente de sa réponse. Et si tout cela n'était qu'une manœuvre pour l'amadouer et lui soutirer plus d'argent ?

Avec simplicité, elle balaya ses soupçons en se lovant contre lui, seins aplatis contre son torse, hanches nichées au creux de son aine. Cesare exultait. Un désir impérieux durcissait sa chair, réclamant satisfaction. Pourtant, ce fut avec beaucoup de retenue que sa bouche couvrit les lèvres de Ida. Il avait attendu si longtemps que ce moment lui paraissait irréel. La douceur de leur baiser lui fit brider ses intentions premières de la posséder sauvagement. Pourquoi ne pas prendre son temps et savourer chaque sensation ?

Il glissa la langue entre ses lèvres et sentit les doigts de Ida étreindre ses avant-bras. Mais très vite elle se relaxa. Sa langue effleura timidement la sienne. Ce contact fugace lui fit l'effet d'une décharge de dix mille volts. Il bougea la tête de manière à avoir un meilleur accès, explorant sa bouche au délicieux goût de cerise. Leurs langues se retrouvèrent, cette fois dans une caresse langoureuse. Cesare ferma les yeux, dangereusement excité. À cause d'un simple baiser !

Ida s'accrocha à son cou et saisit ses cheveux à pleines mains. Elle les tirait à lui faire mal. Mais la douleur accentuait encore sa fièvre. C'était le baiser le plus érotique, et à la fois le plus innocent qu'il ait jamais connu. Des sensations inédites tournaient en spirale en lui. Après quatre ans d'abstinence, il n'en fallait pas plus pour lui faire perdre le contrôle. C'était la seule explication.

Ce fut Ida qui approfondit leur baiser. Cette offensive sensuelle éradiqua toute pensée rationnelle de son esprit. Ses mains capturèrent ses hanches pour la maintenir contre lui tandis qu'il l'embrassait avec la même passion. Un nouveau murmure de plaisir s'éleva de la gorge de la jeune femme.

Galvanisé, il la plaqua contre le montant de la porte et l'aida à nouer les jambes autour de sa taille. Dans le mouvement, sa robe se retroussa sur ses cuisses. Un torrent de lave déferla en lui au contact de sa peau nue.

— Ida, grogna-t-il, ivre de désir.

— Cesare.

Son nom se mua en soupir exalté. C'était le signal qu'il attendait. Sa main chercha ses seins qu'il se mit à masser, taquinant leurs pointes durcies à travers le tissu. Il devait prendre sur lui pour ne pas simplement lui arracher sa robe. Ida se cambra dans un sursaut qui projeta son bassin contre le sien. Alors il délaissa sa bouche pour sucer et mordiller sa gorge, encouragé par ses roucoulements de plaisir qui le rapprochaient du point de non-retour. La tension entre ses cuisses était à son paroxysme. Un faux pas et c'en serait fini.

Il ferma les yeux et inspira profondément. Un parfum de jacinthe l'étourdit, mais moins que l'odeur de Ida elle-même, si délicatement féminine.

— J'ai envie de toi, Ida. Maintenant.

Pourquoi s'en cacher ? Peu importait qu'elle ait été son ennemie. Plus rien ne comptait que cette parfaite alchimie entre eux.

— Moi aussi. S'il te plaît.

« S'il te plaît » ? Oh ! il lui plaisait. Et le plaisir serait mutuel.

— Accroche-toi, lui enjoignit-il en se redressant.

Difficile de garder l'esprit clair avec Ida enroulée autour de lui. Mais il n'avait pas besoin de penser. Son corps savait quoi faire. C'est à peine s'il eut conscience de franchir la porte-fenêtre. Ils se retrouvèrent devant son lit, éclairé par une unique lampe de chevet. Cesare pivota de manière à basculer sur le matelas avec Ida au-dessus de lui. La jeune femme le fixait de ses grands yeux limpides. Son désir redoubla, et il les vit s'agrandir sous la pression croissante de son érection. Étrange… Leur expression ne collait pas avec le message envoyé par son corps enfiévré.

— Qu'y a-t-il ? s'enquit-il.

Elle se mordit la lèvre.

— Il faut que tu saches… Je n'ai pas vraiment d'expérience. Je préférerais que nous y allions en douceur.

En douceur ? Dans l'état où elle l'avait mis ? Et que voulait-elle dire par « pas vraiment d'expérience » ? Il écarta l'éventualité qu'elle puisse être vierge. Elle était venue à lui avec l'assurance d'une femme sachant exactement ce qu'elle voulait. Craignait-elle qu'il privilégie son propre plaisir au détriment du sien ? Aucun risque. Il veillerait à ce qu'ils y trouvent tous les deux leur compte.

— Plus c'est long, plus c'est bon, susurra-t-il.

La jeune femme s'empourpra. Ses réactions étaient adorables. Oui, il saurait se maîtriser. Ils avaient toute la nuit devant eux.

9.

L'anticipation dans les yeux de Cesare rendit Ida un peu nerveuse. Peut-être n'avait-il pas compris ce qu'elle avait essayé de lui dire. Mais la dernière chose qu'elle souhaitait était qu'il change d'avis. S'il était d'accord pour prendre son temps, que demander de plus ? Sa réponse à ses caresses, ses baisers dévorants, la sensation de son corps ferme sous le sien… Tout en lui la rendait folle. C'était ce qu'elle voulait aussi.

— Embrasse-moi, *cara*.

Son timbre rauque l'émoustilla. Comment décliner l'invitation ? Pour toute réponse, elle scella leurs lèvres. Quelle serait sa réaction s'il savait qu'elle n'avait jamais embrassé personne d'autre ? Sa langue alla chercher la sienne comme il le lui avait appris, et toutes ses inhibitions la désertèrent. Il n'y avait rien de plus excitant que sentir sa virilité enfler entre ses cuisses en sachant que c'était à cause d'elle. Elle ferma les yeux, emportée dans un océan de félicité.

Lorsqu'elle les rouvrit, elle était allongée sur le dos, Cesare appuyé de tout son poids sur elle. C'était si bon ! Un gémissement lui échappa.

— Je t'écrase ? demanda-t-il en se redressant sur ses coudes.

— Non.

Il roula néanmoins sur le côté et effleura le ruban sous sa poitrine.

— Cette robe te va si bien… Ce serait dommage de la déchirer. Où est la fermeture ?

Le pouls de Ida s'emballa à l'idée de Cesare lui arrachant

ses vêtements dans son impatience. Elle tâtonna sous son bras, mais il écarta sa main.

— Laisse-moi faire.

Le bruit métallique de la fermeture fendit l'air. Puis vint la brûlure de ses doigts sur sa peau, errant le long de sa taille jusqu'à sa hanche. Elle retint son souffle lorsqu'un index se faufila sous les bretelles et les fit tomber sur ses bras.

— Tu es si belle…

Sa bouche se posa sur elle. Elle s'arqua contre lui, grisée par les baisers dont il parsemait son omoplate. Ses lèvres traçaient un sillon de feu vers l'autre épaule, butinant au passage la naissance de ses seins. Puis elles remontèrent dans le creux de son cou. Ida ferma les yeux en soupirant de plaisir. Bientôt, elle sentit sa robe glisser le long de son corps. Un geste plus insistant lui signala de soulever les hanches, ce qu'elle fit. La caresse du tissu sur ses jambes avait quelque chose d'incroyablement sensuel.

Quand elle rouvrit les paupières, Cesare la contemplait en silence. Elle ne portait plus qu'un soutien-gorge bandeau en dentelle et sa petite culotte assortie. Pas spécialement plus sexy qu'un banal bikini, selon elle. Mais la flamme dans ses yeux bruns racontait une autre histoire. Ida ne s'était jamais sentie aussi désirable. Il murmura quelques mots en italien, avec une ferveur qui résonna au cœur de sa féminité.

— À ton tour, lança-t-elle.

Il secoua la tête.

— Pas tout de suite, si tu veux que nous y allions en douceur.

À vrai dire, elle n'en était plus si sûre. Mais avant qu'elle puisse prononcer un mot, Cesare s'allongea à ses côtés. Ses doigts allaient et venaient le long de son soutien-gorge, avec une légèreté qui lui donna envie de plus. Quand son index s'insinua sous le tissu, elle voulut riposter en cherchant sa ceinture à tâtons. Sa main retomba comme il baissait la coque de dentelle et enfouissait le visage entre ses seins.

Seigneur… Cette plainte aiguë venait-elle d'elle ? Ida se cambra et le plaqua plus fort contre sa poitrine. Le flot de sensations lui donnait le vertige. Les assauts de sa langue sur son téton sensible frôlaient la torture. Tout son être se liquéfiait, en même temps qu'une exquise tension enflait en elle. Elle n'avait jamais rien ressenti de pareil. Elle se mit à onduler contre lui, juste pour accentuer le contact. Une main s'aventura sous sa culotte, vers la fente nichée au creux de sa toison…

— Cesare !

Un spasme la secoua, puis d'autres plus intenses sous l'action combinée de sa bouche et de ses doigts. Elle savait que ce serait fantastique. Mais rien n'aurait pu la préparer à une telle déflagration de plaisir. Cesare lui suçait le sein avec volupté, en rythme avec ses caresses de plus en plus ciblées. Ida décolla du lit, soulevée par une cascade de vibrantes sensations. Soudain, la pièce se désintégra autour d'elle. Seul Cesare l'ancrait encore dans la réalité, son corps solide et rassurant sur le sien pendant qu'elle s'envolait au firmament.

Une respiration saccadée la fit redescendre sur Terre. C'était elle qui haletait ainsi. Elle gisait là, tremblante, telle une poupée de chiffon. Cesare l'embrassa sur le sein. Un baiser inoffensif, mais la stimulation de trop pour ses sens à vif. Elle frissonna violemment, encore sous le coup de son tout premier orgasme.

Cesare le comprit-il ? Un bras glissa autour de son épaule et elle se retrouva blottie contre lui, tandis qu'il lui massait le dos de son autre main.

Aurait-ce été aussi monumental avec un autre homme ?

La question ne se posait pas. Cesare était le seul qu'elle ait jamais désiré. Et si elle avait commis une terrible erreur en se donnant à lui ?

Trop tard pour les regrets.

Elle venait de vivre sa première expérience sexuelle. Mais ce n'était que le début. À quoi bon se poser trop de questions ? Autant prendre les choses comme elles venaient. Cesare avait tellement à offrir ! Elle mourait d'envie d'explorer son corps de dieu grec. Justement, il semblait tout disposé à la laisser faire – tant que son pantalon restait en place.

Tout chez lui la fascinait. Les larges mains. Les épaules robustes. La cambrure sensuelle des reins. Elle le poussa sur le dos et s'installa à califourchon sur lui pour le mordiller dans le cou. Il était particulièrement sensible sous l'omoplate, avait-elle noté. Au-dessus de la hanche aussi. Il tressaillit lorsqu'elle l'embrassa à cet endroit. Ses lèvres suivirent le duvet brun courant le long de son torse, si soyeux au toucher. Quel effet cela ferait d'y frotter ses seins nus ?

C'était sa chance de le découvrir. Ce soir, elle était libre d'expérimenter à loisir puisqu'il n'y aurait pas de lendemain. Elle en éprouva un pincement au cœur.

— Ida ? Quelque chose ne va pas ?

Cesare l'observait, les mains jointes derrière la tête. Ses biceps palpitaient, et une autre palpitation répondit au creux de son pelvis. Une réaction purement sexuelle, pensa-t-elle. Entre eux, ce n'était que l'affaire d'un soir. Une nuit de noces tardive pour assouvir cette inexplicable attraction qui les tourmentait depuis quatre ans.

— Non. Pourquoi est-ce que cela n'irait pas ?

Ida avait appris à ne compter que sur elle-même. Ce besoin de connexion la perturbait. Que lui prenait-il de chercher des significations profondes là où il n'y en avait pas ? Cesare était la dernière personne au monde avec qui envisager une relation sérieuse. Elle profiterait de cette nuit au maximum et tournerait la page. Inutile de réfléchir plus loin.

— À toi de me le dire.

Il l'entoura de ses bras.

— Tu m'en parlerais, s'il y avait un problème.

Ce n'était pas une question. Plus une injonction. Même à demi nu, il dégageait une indéniable aura d'autorité. Elle l'enviait, elle qui se sentait faible et impuissante depuis toujours. Mais pas ce soir.

En un tournemain, il la débarrassa de son soutien-gorge. Sa bouche et ses mains étaient sur elle avant même qu'elle s'en rende compte. Très vite, sa culotte disparut à son tour. Cesare l'explorait avec une habileté étourdissante. Cet homme avait un sixième sens pour déceler ses zones érogènes. D'instinct, il savait où et comment la caresser pour la faire convulser de plaisir, sans lui laisser le moindre répit. Lorsqu'il se redressa, une main sur sa ceinture, Ida pantelait sur le lit, sonnée par un orgasme plus intense encore que le précédent.

Malgré cela, le spectacle de Cesare se déshabillant sous ses yeux raviva aussitôt son désir. Elle s'appuya sur ses coudes pour mieux en profiter. Pantalon et boxer tombèrent par terre. Lentement, il déroula le préservatif sur son érection. Cesare était à se damner, tout en muscles saillants et parfaite symétrie. Son membre se dressait fièrement, absolument massif. La nervosité la gagna. Elle était si menue à côté de lui… Combien d'histoires avait-elle entendues de premières fois désastreuses ?

Puis Cesare sourit, sans doute parce qu'elle le fixait bouche bée. Son appréhension diminua. Ce n'était peut-être que du sexe d'un soir, mais il s'était montré patient et plein d'égards avec elle. Aussi étrange que celui puisse paraître, elle lui faisait confiance.

Alors elle lui rendit son sourire et s'allongea, prête pour lui.

Ce sourire. Ce corps de déesse. Savait-elle à quel point elle mettait son contrôle de soi à rude épreuve ? Elle était si adorable étendue là, offerte, encore hébétée de plaisir…

Adorable ? Il voulait dire sexy. Pourtant, quelque chose dans son enthousiasme juvénile, dans sa sensualité sans artifice, éveillait en lui un étrange instinct protecteur. Y aller en douceur l'avait récompensé au-delà de toute espérance. Mais il atteignait ses limites. Il ne pouvait plus attendre.

Le sourire de Ida s'effaça lorsqu'il lui écarta les jambes. Elle ouvrit grand les bras en une invitation à laquelle il s'empressa de répondre. Son corps était chaud et accueillant. Le sien s'imbriquait à la perfection entre ses cuisses, comme s'ils avaient été façonnés l'un pour l'autre. Il se hissa sur ses coudes de peur de l'écraser. Les pointes raidies de ses seins aiguillonnaient son torse à chaque inspiration. La pression montait en lui. À ce rythme, il ne tiendrait pas longtemps. Glissant une main sous sa cuisse, il lui souleva la jambe de manière à se donner un meilleur angle, puis la pénétra.

Elle était si étroite ! Sa chair brûlante l'enserrait tel un fourreau. La sensation excédait tous ses fantasmes. À tel point qu'il dut se concentrer pour ne pas perdre le contrôle lorsqu'il s'enfonça plus loin. C'est là qu'il la sentit. Une légère résistance. Il tenta de s'arrêter, mais trop tard. Impossible de freiner son élan. Ida avait les yeux fermés et les traits crispés. Des gouttes de transpiration perlaient à son front. Un éclair de lucidité le traversa. Se pouvait-il qu'elle n'ait réellement aucune expérience ?

Elle ouvrit les paupières. Oui, c'était bien de la douleur dans son regard. Le choc le pétrifia quelques secondes. Puis il voulut se retirer, mais Ida s'agrippa à ses épaules. Elle noua les jambes autour de sa taille avec une détermination farouche.

— Non, continue. Tu m'avais promis une nuit de noces.

Cesare hésita. À quel point lui avait-il fait mal ? L'incitait-elle à continuer parce qu'elle estimait qu'il le lui devait ? Ou parce qu'elle le voulait vraiment ?

— Vas-tu m'obliger à te supplier, Cesare ?

— Non, *tesoro.*

Il lui caressa la joue et elle en profita pour presser un baiser dans le creux de sa paume. L'étau autour de sa poitrine se desserra. Lentement, il pencha la tête et reprit sa bouche tout en commençant à bouger. Il voulait exciter ses sens aussi sûrement qu'elle enivrait les siens. Mais sa propre excitation eut raison de sa patience. Ses doigts s'insinuèrent entre eux pour la stimuler tandis qu'il la chevauchait avec autant de retenue qu'il en était encore capable. Elle plongea les mains dans ses cheveux en gémissant. Il sentait le plaisir monter en elle, vague après vague. Son corps tressaillait à chaque nouveau coup de reins. S'il pouvait tenir encore un peu…

Cesare accéléra le rythme, mû par un désir réclamant satisfaction. Le cri d'extase de Ida résonna contre ses lèvres et il bascula à son tour, répandant sa semence dans une explosion de jouissance qui éparpilla son être aux confins de la stratosphère.

Il mit longtemps à redescendre. Pour la première fois, il croyait entrevoir le sens du mot « béatitude ». Il avait toujours aimé le sexe. Mais ce qu'il venait de vivre dépassait le simple plaisir physique. Ida était blottie dans ses bras, le visage niché dans son cou. Son corps continuait à palpiter de temps en temps, et celui de la jeune femme répondait en se contractant autour de lui. Même cela avait quelque chose de profondément intime qui le déstabilisait. Que lui arrivait-il ?

Quatre ans d'abstinence. C'était la seule explication, conclut-il. Après tout ce temps, refaire l'amour ne pouvait qu'être phénoménal. À la mort de son grand-père, c'était son père qui avait repris l'entreprise. Ce dernier avait accumulé les erreurs. Trop occupé à limiter les dégâts, Cesare avait négligé sa vie personnelle. Puis il y avait eu Calogero. Et peut-être était-ce dû aux valeurs instillées en lui par son *nonno,* mais il n'avait pu se résoudre à bafouer ses vœux de mariage, même envers une épouse qu'il méprisait.

Et maintenant ?

Elle ne serait plus sa femme pour longtemps, Dieu merci. Mais Ida se révélait très différente de ce qu'il avait imaginé. Il s'était déjà trompé une fois à son sujet. Et si ce n'était pas la première ?

Avec précaution, il se retira d'elle et se leva. Pendant une bonne minute, il resta là à la contempler. Ses yeux étaient fermés, ses lèvres légèrement entrouvertes. Elle avait l'air épuisée. Rien d'étonnant à cela si c'était sa première fois. Il remarqua une trace rouge sur son sein, une autre dans son cou. Laissées par sa barbe de trois jours. Était-ce de la culpabilité qu'il ressentait ? Oui, sans doute. En aucun cas une satisfaction possessive de l'avoir marquée ou d'avoir été son premier amant. Il était au-dessus de cela.

Mais n'avait-elle pas toujours suscité en lui des réponses primitives, plus fortes que ses principes ? À son contact, ses émotions n'avaient-elles pas tendance à l'emporter sur son jugement ? Qu'elle lui ait donné sa virginité le stupéfiait autant que cela le flattait.

Il tourna les talons et passa à la salle de bains. Quand Ida était apparue sur le balcon, il n'avait pensé qu'à une chose : la faire sienne. Comment avait-il cru qu'une seule nuit suffirait à étancher un désir refoulé depuis des années ? À peine rassasié, il avait de nouveau envie d'elle. Plus il la côtoyait, plus les questions se multipliaient. Et il était bien décidé à obtenir des réponses.

10.

— Ida, je sais que tu es réveillée.

Ida enfouit le visage dans l'oreiller. Cesare attendait, debout au pied du lit. Elle n'était pas prête à lui faire face. Elle se sentait vulnérable, en proie à un tourbillon d'émotions qui la dépassaient. Ne pouvait-il lui laisser un moment ?

Pourquoi n'était-elle pas retournée dans sa chambre tout de suite après ?

Elle se décida à ouvrir les yeux. Cesare la regardait, les cheveux en bataille, la mâchoire ombrée d'un début de barbe. Et ce corps de dieu grec… Il était vraiment à tomber. Le sexe comme remède miracle ? *Tu parles.* Elle n'était pas du tout guérie de son attirance pour lui. Trois orgasmes. Il lui avait donné *trois* orgasmes ! Elle remonta vivement le drap sur elle.

— Je vais y aller…

— Je venais te demander si tu avais besoin d'un bain, dit-il comme s'il ne l'avait pas entendue. Au cas où tu aies mal.

Ida scruta son expression. Elle l'avait prévenue qu'elle n'avait pas d'expérience, mais sans entrer dans le détail. L'avait-elle déçu ? L'élancement entre ses cuisses après leur intense nuit de passion semblait prouver le contraire. Mais elle ne pouvait s'empêcher de douter.

— À quoi penses-tu, Ida ?

Zut. Avait-elle rougi ?

— Non, merci. Pas de bain.

Cesare continuait à la dévisager, les épaules rigides.

Quelque chose le préoccupait. Était-ce le fait qu'elle lui ait donné sa virginité ?

— Je n'ai pas mal, lui assura-t-elle. Au contraire, je suis si bien que je n'ai aucune envie de bouger.

Elle ferait tout de même mieux d'y aller. Ce n'était que du sexe. Elle n'était pas assez naïve pour croire que Cesare voulait qu'elle reste dormir avec lui.

— Ravi de l'entendre.

Ses épaules se relâchèrent. À sa surprise, il se glissa près d'elle sous le drap. Ses sens frémirent d'anticipation. Mais il se contenta de la regarder d'un air pensif, la tête appuyée sur un coude.

— Tu es très différente d'avant, murmura-t-il.

— Oui, tu me l'as déjà dit. Tu trouves que j'ai changé…

Et il avait raison.

—… mais tu ne me connaissais pas vraiment.

— C'est ce que je commence à comprendre.

Ida se prépara aux inévitables questions sur le strip-club et son rôle supposé dans le chantage de son grand-père. Mais rien ne vint. Le silence se prolongeait et Ida se sentait sombrer dans une agréable léthargie. Le sexe, bien qu'exaltant, l'avait épuisée. Sans parler du stress des dernières vingt-quatre heures et de la fatigue accumulée lors de ses doubles journées de travail.

Sans crier gare, Cesare lui saisit la main.

— Que t'est-il arrivé ? demanda-t-il.

Ida mit quelques secondes à comprendre qu'il parlait des taches roses là où sa peau avait pelé. Elle voulut se dégager, mais il l'en empêcha en caressant sa main du pouce.

— Une réaction aux gants en caoutchouc que je porte au travail, dit-elle.

Cesare fronça les sourcils.

— Cela te fait mal ?

— C'est surtout inconfortable.

Et embarrassant, découvrait-elle. Elle avait beau n'être l'épouse de Cesare que sur le papier, elle enviait toutes ces femmes sublimes papillonnant autour de lui. Elle détestait se sentir inférieure. Une dermatite n'avait pourtant rien de honteux. Que lui prenait-il de réagir ainsi ?

— Dorotea doit avoir de la pommade. Sinon, nous passerons à la pharmacie.

Justement, elle n'avait pas eu le temps d'en racheter.

— Merci.

C'était gentil de sa part. Ou était-ce parce que sa peau abîmée le dégoûtait ? Elle libéra sa main et la cacha sous le drap.

— C'est pour cela que tu portais des gants au club, n'est-ce pas ?

Ida prit un ton dégagé bien qu'elle n'aimât pas en parler.

— Une dermatite, ce n'est pas bon pour les affaires.

Elle préférait qu'il garde d'elle une image d'amante sexy et désirable. Pas celle d'une souillon aux problèmes de peau.

— Quel genre d'affaires requiert le port de gants en caoutchouc ?

L'espace d'une seconde, elle crut qu'il s'imaginait une sorte de jeu sexuel coquin. Mais il savait maintenant qu'elle était novice en matière de sexe.

— Je suis femme de ménage, répondit-elle. Je fais le ménage chez de riches clients la journée et dans des bureaux le soir. Jo a couvert certains de mes services de nuit pendant que je la remplaçais au club.

Contre toute attente, elle ne lut ni choc ni pitié dans les yeux de Cesare. Elle réprima un bâillement. Le sommeil la gagnait inexorablement. Le lit de Cesare était si confortable, et il y avait si longtemps qu'elle ne s'était plus sentie autant en sécurité.

— Dis-moi, Ida, depuis combien de temps exerces-tu ce travail ? demanda doucement Cesare.

Ida peinait à garder les yeux ouverts. Pourquoi cela l'intéressait-il ?

— Quatre ans, murmura-t-elle. Depuis mon arrivée à Londres. Je suis exténuée. Je devrais aller me coucher.

— Reste ici, si tu veux. Repose-toi un moment.

Inutile de le lui dire deux fois. Bientôt, elle sombra dans le sommeil.

Cesare fixait le plafond, incapable de fermer l'œil. Ida était pelotonnée sous le drap, une main sous l'oreiller. Il y avait quelque chose d'attendrissant à la façon dont elle s'était endormie d'un coup, un peu comme les enfants. Cesare n'avait pas l'habitude de partager son lit. Curieusement, il n'y voyait aucun inconvénient. Mais son esprit était préoccupé.

Il savait que le sexe avec Ida serait spectaculaire, depuis le temps qu'elle l'obsédait. Mais il ne s'était pas attendu à un tel déferlement de passion. Ni aux émotions qu'elle faisait naître en lui. Sans qu'elle ait tenté de le faire changer d'avis sur elle, il se surprenait à remettre ses certitudes en question.

Si Ida cumulait les heures comme elle le prétendait, sa fatigue se comprenait. Pourquoi travaillait-elle autant ? Depuis combien de temps se cachait-elle de son grand-père ? Cesare avait toujours pensé que Calogero mentait en niant savoir où elle était et qu'il la soutenait financièrement. Mais Ida affirmait être femme de ménage depuis quatre ans. Cela n'avait ni queue ni tête. N'était-elle pas son ticket d'entrée dans cette haute société qu'il jalousait ? Elle n'avait aucune raison de le fuir.

Il avait besoin de découvrir le fin mot de l'histoire.

Il roula sur le côté et la regarda dormir. Ida était un mystère, forte et fougueuse, et vulnérable à la fois. Sa virginité avait été un choc. Mais inexpérience ne signifiait pas innocence. Il n'y avait rien d'innocent à épouser un homme pour l'argent et le prestige. Encore moins à prendre part à un chantage. Calogero avait tiré parti des talents d'ingénue de Ida. Peut-être était-ce pour cela qu'elle était restée vierge : parce qu'elle savait que certains hommes y accordaient une grande valeur. L'idée lui donnait la nausée.

Mais la Ida qu'il avait retrouvée à Londres n'avait rien à

voir avec celle de son souvenir. Elle avait été contrariée de le revoir et pressée de mettre fin à leur mariage. Son orgueil en avait pris un coup. Était-ce la raison de son étrange réaction ? Non, ce besoin d'elle était antérieur à leurs retrouvailles. Elle lui avait montré une force et une détermination qu'il n'avait jamais remarquées avant. Pour autant qu'il puisse en juger, elle avait été sincère avec lui, tant dans son aversion à son égard que dans la ferveur avec laquelle elle lui avait offert son corps.

Le désir se ranima dans ses veines au souvenir de ses soupirs de plaisir. Ses cris désinhibés dans les affres de l'extase. Il s'était délecté de cet abandon. Ida avait paru surprise de sa propre passion. Elle n'avait pas simulé, il en était certain. Elle avait été réellement stupéfaite de sa capacité au plaisir charnel. Il avait su, alors, qu'il avait dans ses bras la *vraie* Ida.

À Rome et avant cela, chez son grand-père, il l'avait sentie dans la retenue, toujours prudente vis-à-vis de lui. Il avait compris que la femme qu'il avait consenti à épouser n'était qu'une façade créée de toutes pièces. Une parodie d'ingénue. Les fréquents regards qu'elle lançait à Calogero avaient confirmé ses soupçons : c'était bien ce dernier qui tirait les ficelles en coulisse.

Hier, à Londres, elle avait manifesté la même réserve, répugnant à le laisser entrer dans son intimité. Retranchée derrière les murs qu'elle avait érigés autour d'elle. Mais depuis leur arrivée en Toscane, quelque chose avait changé. Les murs étaient-ils tombés ? Ou Ida se façonnait-elle une nouvelle image en lui laissant entrevoir des morceaux choisis d'elle ? Sa duplicité allait-elle encore plus loin ? Il avait vu son père manipulé par ses amantes. Il savait de quoi les femmes étaient capables.

Cesare soupira. Ida l'avait surpris et il aimait ce qu'il avait découvert. Mais jamais il ne laisserait une simple attraction obscurcir son jugement comme son père. Il avait besoin de connaître la vérité sur Ida. En partie pour collecter plus d'informations sur Calogero. Mais surtout parce que sa relation avec Ida avait un goût d'inachevé.

Le drap avait glissé sur son épaule. Cesare le remonta, effleurant son dos au passage. Elle remua dans son sommeil et roula plus près. Après une hésitation, il l'attira dans ses bras. Il passait rarement la nuit avec ses amantes, de peur qu'elles se bercent d'illusions. Avec Ida, ce n'était pas fait pour durer, même si elle était sa femme. Étrange comme après des années de rancœur l'idée d'être lié à elle par le mariage ne le répugnait plus tant que cela. Sans doute parce que la fin était proche : le divorce était signé et Calogero s'apprêtait à tomber. Son vieil ennemi l'ignorait encore, mais il allait bientôt devoir répondre à la justice.

Cesare se relaxa en humant le doux parfum fleuri de Ida. À bien y réfléchir, il avait tout à gagner à garder la jeune femme avec lui quelque temps. Le sexe était exceptionnel. Il en apprenait plus sur Calogero. Et après quatre ans, être vu avec sa femme dissiperait les rumeurs persistantes sur sa disparition. Il sourit dans l'obscurité. Cette « compulsion » à la posséder n'en avait pas été une, tout compte fait. C'était une démarche logique. Il était bien trop pragmatique pour devenir esclave de ses émotions.

Mettre Ida dans son lit était le meilleur moyen de venir à bout de cette attirance importune. L'assouvir maintenant lui permettrait de prendre ses distances une bonne fois pour toutes. Plus rien ne le lierait à elle. Son père s'était laissé aveugler par l'illusion de l'amour. Il avait vu de ses yeux combien sa famille et leurs affaires en avaient souffert. Lui, Cesare Brunetti, ne tomberait pas dans le piège.

Ida ouvrit les yeux avec l'impression d'être en apesanteur. Elle se sentait incroyablement légère et détendue. Un duvet soyeux lui chatouillait la joue. C'était agréable de paresser ainsi, blottie contre Cesare…

Le brouillard de son esprit se leva d'un coup.

Cesare ! L'homme qu'elle était censée haïr… Sauf que ce n'était pas ce qu'elle ressentait. Il l'avait protégée contre Bruno. Il lui avait fait l'amour jusqu'à l'envoyer dans les étoiles. Ce n'était que du sexe. Mais il s'était montré si doux et si passionné qu'elle avait eu la sensation que c'était plus que cela.

— Continue.

La voix bourrue de Cesare la tira de ses réflexions.

— Pardon ?

— Continue ce que tu fais.

Elle n'avait rien fait du tout, à part lui caresser distraitement le torse. Le jour s'insinuait entre les rideaux, soulignant le contraste de sa peau pâle sur celle olivâtre de Cesare. Lovée contre lui, elle était aux premières loges pour admirer sa musculature ciselée… et le relief de ses tétons hérissés. Était-ce elle qui lui faisait cet effet ? Testant sa théorie, elle promena les doigts sur ses pectoraux et le sentit frémir.

— J'ai envie de toi, Ida.

Cet aveu sans fard lui plut. Il n'était pas le premier homme à la désirer. Mais lui seul avait su rendre ce désir réciproque. Ce qu'ils partageaient avait quelque chose de profond, comme si une force élémentaire les poussait l'un vers l'autre. *Ça suffit,* s'admonesta-t-elle. Elle avait beau être inexpérimentée, elle n'était pas assez sotte pour confondre sexe et sentiments. Entre eux, ce n'était rien de sérieux. Et cela lui convenait. Mais une nuit ne suffisait pas. Elle prendrait tout ce qu'il était prêt à lui donner. Cela lui ferait des souvenirs à chérir plus tard, quand elle serait de nouveau seule au monde.

Elle lécha l'un de ses tétons, puis le captura entre ses dents. Le grognement étouffé de Cesare l'enhardit et elle se hissa sur lui, excitée par la sensation de son corps dur sous le sien. Ses yeux bruns paraissaient noirs, tant ses pupilles étaient dilatées. Elle reconnaissait cette expression, le même qu'elle avait dû avoir quand il la tourmentait, encore et encore, jusqu'aux frontières de la félicité. Elle était pourtant loin d'être repue. Le temps pressait. Ils avaient déjà eu une nuit ensemble. Si elle voulait plus, c'était maintenant.

À quatre pattes au-dessus de lui, elle recula, marquant une pause à hauteur de son nombril qu'elle taquina de sa langue. Le soubresaut de Cesare, ponctué d'un son rauque, l'encouragea à descendre plus bas. Elle contempla, fascinée, son érection enfler sous ses yeux. D'un geste hésitant, elle la toucha. Cesare tressaillait au moindre frôlement. Il était si sensible ! Grisée par son pouvoir, elle pencha la tête, et ses cheveux glissèrent de chaque côté de son visage. Le premier coup de langue fut une révélation. La sensation était inouïe. Toute cette puissance virile à la merci de son bon vouloir… Comment en rester là ? Un autre lapement, et ses lèvres prirent le relais.

Presque aussitôt, Cesare se redressa. Il l'interrompit et écarta gentiment ses cheveux. Le feu de ses yeux consuma son être. Seigneur, quand il la regardait ainsi…

— À mon tour, Ida.

Déjà ? Mais elle avait à peine commencé ! Elle avait encore tant à apprendre !

— Promis, tu auras ta chance. Mais avant cela…

Sa voix s'enroua.

— J'ai besoin de toi.

Ce n'étaient que des mots. Ils ne signifiaient rien. Mais ils la chavirèrent malgré tout. Là, tout de suite, il avait besoin d'elle. Et elle aussi. Elle avait besoin de lui *en elle*.

En quelques secondes, elle se retrouva à califourchon sur lui. Elle attendit, genoux écartés, pendant qu'il enfilait un préservatif.

— Guide-moi, *cara*.

Ses larges mains couvrirent ses seins comme elle s'empalait sur lui. Un feu d'artifice explosa entre ses reins. Les sensations se mélangeaient, aussi fabuleuses que la première fois. Sa chair palpitante étirant la sienne. L'exquise friction. Et son regard chevillé au sien tandis qu'il l'encourageait en exprimant haut et fort son plaisir. Pas besoin de parler italien pour le comprendre. Peu à peu, le tempo s'accéléra. Le corps de Cesare imprimait au sien un rythme allant crescendo et Ida bougeait en cadence. Leur osmose était parfaite, comme s'ils étaient faits pour cela. Pour cette chevauchée effrénée que chaque nouveau va-et-vient rendait plus impérieuse.

Alors survint la déflagration finale qui secoua son corps dans un grand éclair blanc. Cesare cria son nom et la serra contre lui. Ils restèrent ainsi, convulsant de plaisir dans les bras de l'autre. Liés dans la jouissance au point de ne faire plus qu'un. C'était l'expérience la plus intime que Ida ait jamais vécue. Restait à espérer qu'elle ne soit pas trop addictive.

11.

Ida s'assit à la table du petit déjeuner dressée sous une tonnelle. Devant elle s'étendaient les jardins de la villa, et au-delà les collines verdoyantes de Toscane embrassées par le soleil. Le paysage lui semblait encore plus magnifique ce matin. Peut-être parce qu'elle flottait sur un nuage. Elle aurait voulu que cette nuit ne s'arrête jamais. Loin d'être rassasié, son désir avait encore grandi. Ses sens exultaient du seul fait d'être près de Cesare.

Mais depuis qu'ils avaient quitté la chambre, ni elle ni lui n'avaient abordé le sujet. Elle, parce que c'était un chamboulement encore trop frais pour être évoqué à la légère en mangeant des tartines. Et Cesare ? Difficile à dire. Il se conduisait en hôte parfait, prévenant et plein de sollicitude, mais évitait tout contact physique. Alors qu'elle mourait d'envie qu'il la prenne dans ses bras !

— Café ?

Le riche arôme émanant de la cafetière lui mit l'eau à la bouche. À Londres, son budget était si serré qu'elle n'achetait que de l'instantané.

— Oui, s'il te plaît.

Elle couva des yeux la corbeille de viennoiseries tout juste sorties du four.

— C'est royal. Merci.

— Remercie Dorotea. C'est elle qui a tout préparé.

Elle le dévisagea avec un intérêt accru. Cesare lui avait déjà prouvé qu'il était capable de considération. Mais combien d'hommes fortunés respectaient le travail des autres ? Son grand-père traitait ses employés comme des machines et non des êtres humains. Ses riches clients à Londres lui ressemblaient en cela. Ils attendaient d'elle qu'elle soit invisible. La plupart se considéraient supérieurs par nature, toujours prompts à critiquer, rarement à féliciter et remercier.

Mais pas Cesare.

Il avait pris le temps de rassurer Jo, très anxieuse depuis son agression. D'échanger quelques mots avec le personnel de l'hôtel à Londres. Il s'était montré poli et amical dans toutes ses interactions au cours du voyage. Il remarquait les autres. Mieux que cela, il les traitait en égaux. Ida était sensible à cette qualité.

— Dorotea est une perle, ajouta-t-il en lui tendant la corbeille. Elle cuisine comme un chef et s'adapte à tous les imprévus.

Ida choisit un *cornetto,* l'équivalent italien du croissant. Elle avait une faim de loup !

— Travaille-t-elle pour toi depuis longtemps ? s'enquit-elle.

— Des années. Dorotea était la gouvernante de mon grand-père avant que je vienne vivre chez lui enfant.

— Tu as vécu avec ton grand-père ?

Cesare se servit à son tour dans la corbeille.

— C'est lui qui m'a élevé, répondit-il. J'ai eu de la chance d'avoir un tel modèle dans ma vie.

Ida ne pouvait pas en dire autant de Fausto. Dieu merci, elle n'avait jamais eu à vivre chez lui de manière permanente.

— Un problème ?

Cesare l'observait d'un œil curieux. Mais elle n'avait pas envie d'évoquer son grand-père.

— Non. Je suis juste surprise. Je savais que tu avais perdu ta mère très jeune, mais pas tes deux parents.

Elle pensait que son père était mort peu de temps avant leur mariage.

Le visage de Cesare se rembrunit. Avait-elle franchi une

limite interdite ? Mais il se contenta de hausser les épaules en sirotant son café.

— Ce n'est pas le cas. Mon père n'avait pas vraiment la fibre paternelle. Il voyageait souvent pour affaires et ne restait jamais longtemps au même endroit. Un enfant le gênait plus qu'autre chose.

L'ombre dans ses yeux démentait son apparent détachement. Sans doute avait-il plus souffert de l'absence de son père qu'il le laissait entendre.

— Je suis désolée. Cela a dû être difficile.

Qui aurait cru que Cesare partagerait un jour avec elle quelque chose d'aussi personnel ? Ou qu'elle éprouverait de l'empathie pour le petit garçon qu'il avait été, confié du jour au lendemain à quelqu'un d'autre ? Leurs situations étaient différentes, mais elle savait ce que c'était d'être déraciné et expédié dans un lieu inconnu.

— Ne le sois pas, dit Cesare. Mon grand-père m'a élevé ici, en Toscane. Je n'aurais pu rêver meilleure enfance.

Il avait beaucoup d'affection pour l'homme qui l'avait recueilli, c'était évident. Encore une chose qui les rapprochait.

— Moi aussi, j'ai eu une enfance heureuse, raconta Ida. Ma mère débordait d'amour et avait un grand sens de l'humour. Mon père était un homme patient, toujours prêt à m'écouter et jouer avec moi. Il m'inventait de merveilleuses histoires pour m'endormir.

Elle s'étonnait de ce besoin de s'ouvrir à Cesare. Mais il n'était plus l'homme froid et hostile du soir de leur mariage. Elle avait découvert de nouvelles facettes de lui. Sa nature sensuelle et passionnée bien sûr, mais pas seulement. C'était le respect et la gentillesse qu'il témoignait aux autres qu'elle admirait le plus.

— Ah, mon *nonno* n'était pas comme cela. Les jeux et les histoires, ce n'était pas son truc, commenta Cesare. Mais la droiture, les responsabilités, l'importance de la famille… Tout cela, c'est lui qui me l'a appris. Le sens des affaires aussi.

Une grimace crispa ses lèvres.

— Hélas, mon père n'a pas hérité de son talent dans ce domaine. C'est à cause de ses lacunes que l'entreprise est tombée aux mains de Calogero.

Ida prit le temps d'absorber ces informations. Le grand-père de Cesare semblait un homme admirable, mais profondément dévoué à son travail et très à cheval sur ses principes. Qu'est-ce que cela avait dû être d'être élevé par quelqu'un comme lui ? Un enfant n'avait-il pas besoin de tendresse et d'indulgence ? N'avait-il pas le droit de s'amuser ? C'était révélateur que Cesare ait redirigé la conversation vers sa société familiale. Malgré ses privilèges, son enfance, soupçonnait-elle, n'avait pas été aussi insouciante que la sienne. On avait dû lui marteler très jeune le sens du devoir et des traditions. Pas étonnant qu'il ait été prêt à tout, même à céder au chantage, pour sauver l'entreprise bâtie par sa famille sur plusieurs générations.

— Toi, par contre, tu n'as pas été élevée par ton grand-père.

La remarque de Cesare la ramena au présent.

— Comment le sais-tu ?

— J'ai engagé des détectives pour te retrouver. Ils ont fouillé ton passé et découvert que tu avais vécu en Écosse, et non à Londres avec Calogero.

Ida saisit la question tacite.

— Et tu aimerais savoir pourquoi.

La déception fit retomber sa belle humeur. Elle avait été heureuse de partager ses souvenirs d'enfance et se découvrir des points communs avec Cesare. Mais lui ne s'intéressait pas à elle. Il ne cherchait qu'à en savoir plus sur son ennemi. Avait-elle vraiment cru qu'une nuit changerait les choses ?

— Seulement si tu veux bien en parler. Tu es un mystère pour moi, tu sais ?

Les battements de son cœur s'accélérèrent. Se pouvait-il que sa curiosité soit vraiment personnelle ? La même sensation que lorsqu'ils avaient fait l'amour l'assaillit. Celle qu'elle et lui étaient liés par quelque chose qui les transcendait, plus fort que n'importe quelle vendetta familiale.

Elle se sermonna aussitôt. Les mots de Cesare n'étaient que cela – des mots. Elle ne devrait pas se laisser aller à des interprétations fantaisistes. Peut-être n'étaient-ils plus ennemis. Mais jamais ils ne partageraient cette intimité profonde dont elle avait rêvé autrefois. C'était son attirance physique qui parlait, rien d'autre.

— Désolé. Je ne voulais pas être indiscret, dit Cesare. Je te sers un autre café ?

— Non, merci.

Elle mordit dans son *cornetto,* si tendre qu'il fondait sur la langue. Quel intérêt de se triturer les méninges sur ce que ressentait Cesare à son égard ? Il la protégeait de Bruno et de son grand-père en l'hébergeant chez lui. Il lui avait offert l'expérience la plus inoubliable de sa vie. Elle devrait lui en être reconnaissante. Assise là à déguster sa viennoiserie, elle se sentait sereine pour la première fois depuis des années.

Non, la nuit dernière n'avait pas été une erreur, mais une bénédiction.

— Je ne suis pas allée vivre chez mon grand-père car il ne voulait pas de moi, dit-elle enfin. Il ne pense qu'à lui-même, et mes parents avaient coupé les ponts. Je ne savais même pas qu'il était en vie. Après leur mort, Kate, une cousine de ma mère, m'a recueillie chez elle en Écosse.

Cesare hésita devant l'air mélancolique de Ida. Mais sa curiosité l'emporta, moins à propos de Calogero que de Ida elle-même. Plus il en apprenait sur elle, plus elle le captivait. La froideur avec laquelle elle évoquait son grand-père l'interpellait. Il en venait à se demander si elle avait jamais vraiment été sa protégée.

— Étais-tu heureuse là-bas ?

Ida haussa les épaules.

— Oui, même s'il nous a fallu à toutes un temps d'adaptation.

Sans aucun doute. Orpheline et arrachée à tout ce qu'elle connaissait, elle avait dû se sentir perdue. Pour Cesare au contraire, aller vivre en Toscane avait été un soulagement. Il s'était épanoui dans un environnement stable et structuré. Il savait que son *nonno* l'aimait, bien que le vieil homme fût peu démonstratif. D'une certaine façon, Ida, en minimisant les épreuves qu'elle avait traversées, lui rappelait son grand-père, toujours dans la retenue et profondément intègre. Perdre ses parents si jeune avait pourtant dû être un traumatisme pour elle. Cesare n'avait jamais connu sa mère et n'avait pas pleuré la mort de son père. Mais celle de son *nonno* l'avait dévasté.

— « Toutes » ? La cousine de ta mère avait une famille ?

Les détectives n'avaient rien indiqué de tel. Seulement qu'elle vivait au sein d'une petite communauté.

— Non, mais elle hébergeait un cercle de femmes artistes, expliqua Ida. Certaines vivaient là en permanence. D'autres ne venaient que l'été ou pour quelques semaines.

— Cela a dû être… intéressant.

Grandir parmi une communauté d'artistes sur une petite île loin de tout sortait de l'ordinaire. Ida esquissa un sourire qui lui fit oublier de quoi ils parlaient. Difficile de résister à la tentation de l'arracher de sa chaise et la ramener directement dans son lit. Surtout quand la couleur rosée de sa robe lui rappelait celle de ses jolis tétons, si prompts à se dresser sous ses caresses…

— En effet, confirma-t-elle. Kate avait été enseignante et me faisait l'école à la maison. Mais nous débordions souvent du programme scolaire.

— Tu as appris auprès des artistes résidentes ?

Elle n'avait jamais évoqué une quelconque passion pour l'art. Il s'en serait souvenu, si c'était le cas. Quoique… Il était obnubilé par Calogero et le moyen de contrer ses plans, à l'époque. Quel intérêt avait-il vraiment accordé à Ida avant leur mariage ? Suffisamment pour la désirer. Il en avait eu assez honte. Convoiter la petite-fille de sa Némésis avait été une faiblesse impardonnable à ses yeux. Il voyait les choses autrement aujourd'hui. La vie, ses sentiments, et en particulier Ida, se révélaient bien plus complexes qu'il ne l'avait cru autrefois.

— Eh bien, je me défends en poterie. Je sais aussi filer, tisser et confectionner du feutre, énuméra-t-elle en comptant sur ses doigts. Ma peinture ne marquera pas l'histoire de l'art, mais ma linogravure a ses amateurs.

L'autodérision avec laquelle elle citait ses divers talents fit sourire Cesare.

— Je sais aussi fabriquer des bijoux, ajouta-t-elle.

— Est-ce ce qui te plairait ? Créer tes propres bijoux ?

— Non. Ces femmes étaient de vraies artistes. Moi, j'ai seulement appris quelques techniques car j'en avais l'occasion.

— J'imagine qu'il ne devait pas y avoir grand-chose à faire sur ton île ?

Cesare éprouvait une certaine pitié pour la fillette qu'elle avait été, envoyée loin de chez elle dans un lieu si sauvage. Mais elle haussa les épaules.

— Ce n'était pas si mal. J'ai appris plein de choses. L'allemand avec Traudl, une illustratrice qui me racontait des histoires incroyables peuplées de dragons et de sorcières. La comptabilité avec Peggy, dont c'était le métier, ainsi que la pâtisserie. Beatrice m'a initiée au ballet.

Plus elle parlait, plus elle s'animait. Elle se pencha pour se frotter la cheville, mais se redressa en surprenant son regard sur elle.

— Il y avait aussi Zara, qui m'a appris des rudiments d'autodéfense.

Sa grimace intrigua Cesare. Avait-elle déjà eu besoin de se défendre ? L'idée lui faisait monter la bile à la gorge.

— Voilà une éducation complète. Bien plus variée que la mienne, commenta-t-il. Et ton grand-père ? Quelle place occupait-il dans ta vie ?

La jeune femme se rembrunit.

— Il était mon tuteur légal, mais c'est Kate qui m'a élevée. Quand j'ai eu douze ans, il a insisté pour que je vienne séjourner à Londres. Il était un inconnu pour moi et

Kate avait des réserves. Mais il a menacé de nous séparer si je n'obéissais pas.

Cesare jura dans sa barbe. Menacer une orpheline de l'arracher au foyer où elle commençait enfin à se reconstruire était barbare. Cela ressemblait bien à Calogero.

— N'avais-tu pas envie de découvrir Londres et connaître ton grand-père ?

Ida le regarda droit dans les yeux.

— Autant que tu le saches, je ne t'aiderai pas à le faire tomber, lâcha-t-elle. Je ne suis pas au fait de ses projets. Si tu espérais des renseignements juteux, tu peux faire une croix dessus.

Son ton cassant donna mauvaise conscience à Cesare. Il prit un moment avant de répondre :

— C'est vrai. C'est l'une des raisons pour lesquelles je t'ai proposé de rester, admit-il. Toute information est la bienvenue. Mais je suis sincèrement curieux à ton sujet.

— Si tu le dis.

— Crois-moi, mes intentions à l'instant n'étaient pas si sournoises.

Il secoua la tête, conscient de la méfiance de longue date qui les opposait.

— Rien de ce que je peux dire ne te convaincra de ma bonne foi, n'est-ce pas ? Tu n'imagines pas à quel point c'est frustrant.

Cette remarque lui valut un rire sarcastique.

— Au contraire, je l'imagine très bien.

Leurs regards se croisèrent. Quelque chose passa entre eux, entre regret et défi.

— M'accuses-tu de t'avoir jugée trop vite ?

Elle se contenta de grignoter son *cornetto* sans répondre.

Avait-elle raison ? Avait-il laissé sa haine pour Calogero influencer son opinion sur Ida ? S'était-il trompé sur toute la ligne ? Il ne pouvait nier qu'elle ne cessait de le surprendre depuis deux jours. Plus il en apprenait sur elle, plus il se posait de questions.

— Je reconnais avoir eu une vision simpliste de la situation. Je suis prêt à écouter ce que tu as à dire.

Les yeux de la jeune femme s'arrondirent. Cesare ne tranchait jamais dans un conflit sans avoir entendu toutes les versions au préalable. Excepté avec Ida. Sa complicité avec son grand-père ne faisait aucun doute, c'était ce qu'il s'était dit à l'époque. Mais sur quelles preuves concrètes avait-il fondé son jugement ? Autrefois, il l'aurait harcelée pour obtenir les réponses qu'il attendait. Pas cette fois.

— Tu n'es pas obligée d'en parler si tu ne le souhaites pas. Le choix te revient, Ida.

12.

Il respectait sa vie privée ?

Ida peinait à y croire. Mais Cesare lui avait dévoilé un nouveau visage, ces deux derniers jours. Il avait beau être autoritaire, elle ne le craignait pas. Lui tenir tête lui procurait même un délicieux frisson. Il n'était pas comme Fausto, qui déchaînait ses foudres sur quiconque osait lui désobéir. Cesare avait besoin d'informations sur son grand-père. Mais, au lieu de la menacer ou l'intimider, il lui laissait le choix. Il faisait passer ses sentiments avant ses propres impératifs.

C'était nouveau pour elle.

Au fond, quelle importance qu'il révise son jugement ? Même s'il reconnaissait ses torts, elle s'en irait bientôt et ils ne se reverraient plus. Seulement voilà… Son opinion comptait pour elle. Elle détestait l'idée que Cesare la croie de mèche avec son grand-père. Elle et lui n'étaient-ils pas, au contraire, alliés dans leur mépris pour Fausto ?

Elle avala la dernière bouchée de *cornetto* et finit son café.

— Pour répondre à ta question, oui, j'étais excitée à l'idée de découvrir Londres et rencontrer mon grand-père… Au début.

Cesare arqua un sourcil, mais garda le silence.

— Il n'était pas comme je l'imaginais. Il n'avait aucun intérêt pour moi en tant que personne, ni aucun désir de passer du temps avec moi.

Elle s'était dit qu'ils iraient au zoo, voir les joyaux de la Couronne ou faire les magasins dans la capitale mondiale du shopping. Son excitation était vite retombée à son arrivée chez lui. La villa, bien que somptueuse, lui avait paru froide.

— Pourquoi t'avait-il fait venir ? questionna Cesare.

— Pour m'éduquer. Il ne voulait pas d'une sauvageonne, mais d'une petite-fille présentable, réservée, qui sache quels couverts utiliser lors d'un dîner mondain.

— Il t'a donc bien emmenée en sorties ?

Ida secoua la tête.

— Il employait quelqu'un pour cela.

— Une nounou ?

Elle laissa échapper un rire amer.

— Oh ! non. Au début, c'était une personne chargée de corriger mon maintien, et surtout mon élocution. J'avais pris l'accent écossais, tu comprends.

— Et c'était un problème ?

— Pour lui, oui.

Lors de sa seconde visite, elle avait volontairement exagéré son accent. Elle n'avait pas tenu la journée. Il lui avait infligé une telle correction qu'elle n'avait plus jamais recommencé.

— On m'a appris à danser la valse et faire la révérence en robe de soirée, poursuivit-elle. Plus tard, des spécialistes se sont mis à m'emmener dans des musées et des galeries d'art. Un chaperon m'accompagnait à des galas afin que j'apprenne à interagir avec le beau monde sans me sentir intimidée. On me faisait dîner et prendre le thé avec de parfaits inconnus dans des hôtels de luxe.

— Il voulait que tu sois à l'aise dans la haute société.

Le front de Cesare se plissa. Ida aurait pu en rester là. Mais la vanne était ouverte et les mots se bousculaient sur ses lèvres.

— Après chaque sortie, mon chaperon lui faisait un compte rendu détaillé. Sur ma posture. Ma capacité à tenir une conversation. Avais-je commis un faux pas à table ? Avais-je parlé trop fort ? Avais-je souri aux bonnes personnes ? Il évaluait ma prestation.

— Et s'il n'était pas satisfait ?

Cesare la dévisageait d'un air sombre, comme s'il connaissait déjà la réponse.

— Disons que j'ai appris à ne pas le décevoir, éluda-t-elle.

Se confier à lui était étrangement libérateur. Elle portait ce fardeau depuis si longtemps… Elle n'évoquait jamais cette période de sa vie. Avec Kate, elle était toujours restée évasive, consciente que la vérité l'indignerait. Puis les menaces de son grand-père de s'en prendre à sa cousine lui avaient donné une raison supplémentaire de tenir sa langue.

— Il t'a fait du mal ?

Les yeux de Cesare flamboyaient de colère. Pas contre elle, mais contre Fausto. À quand remontait la dernière fois qu'on avait pris sa défense ?

— Je préfère ne pas en parler.

Cesare fit mine d'objecter, puis se ravisa, preuve qu'il respectait sa promesse. Ida lui en fut reconnaissante.

— Nous n'étions pas proches, reprit-elle avec une grimace. Je lui rendais visite une fois par an pour une formation intensive. Je devais être irréprochable.

— C'était le cas, intervint Cesare. Quand je t'ai rencontrée, tu étais presque trop parfaite. Posée, bien élevée, capable de parler de tout… Quand nous sortions, tu semblais toujours à l'aise et sûre de toi.

Ida n'en gardait pas le même souvenir. Elle était extrêmement nerveuse, car Cesare incarnait le prince charmant par excellence. Elle voulait lui faire bonne impression, et pas parce que son grand-père le lui ordonnait. Cesare était séduisant et d'une exquise galanterie. Son accent italien lui donnait des palpitations. Avec lui, elle s'imaginait déjà vivre un conte de fées, loin de l'influence de Fausto.

— Tu étais son passeport pour la haute société, résuma-t-il.

— Oui. Il voulait que je m'y intègre comme lui ne l'avait jamais pu. Mais il a toujours refusé de m'inscrire dans un pensionnat pour filles de bonnes familles, de peur que je me dévergonde à leur contact. Ce n'est que quand tu me l'as expliqué que j'ai compris son objectif.

Le pli sur le front de Cesare s'accentua. Allait-il mettre en doute sa parole ?

— J'ignorais qu'il te faisait chanter, précisa-t-elle. Tu disais vouloir te marier et je t'ai cru. Un homme de ton calibre devait avoir besoin d'une bonne maîtresse de maison.

Ce qui aurait dû lui mettre la puce à l'oreille. Pourquoi la choisir *elle* ? Ce n'étaient pas les prétendantes accomplies qui manquaient dans son entourage.

— Et puis, c'était ma chance de reprendre ma liberté.

Cesare ne dit rien, l'air perdu dans ses pensées.

— Mon grand-père est devenu de plus en plus tyrannique. Il allait jusqu'à décider de mes tenues. Je devais toujours porter des couleurs pastel car elles étaient plus convenables.

Convenables pour une fille vierge. Fausto l'avait menacée du pire si elle sortait avec un garçon. Pour lui, sa virginité était son atout majeur, à même de séduire un homme de la bonne société attaché aux traditions. Si l'occasion de faire pression sur Cesare ne s'était pas présentée, il l'aurait forcée à épouser quelqu'un d'autre de son choix.

— Tu étais adulte quand nous nous sommes rencontrés. Il n'était plus ton tuteur, fit observer Cesare. Pourquoi vivais-tu chez lui ?

— Tu crois qu'il allait me laisser partir comme cela ? Après le temps et l'argent qu'il avait investis en moi ?

Défier son grand-père, c'était se mettre en danger. Pas seulement elle, mais aussi les personnes auxquelles elle tenait.

— Tu avais encore peur de lui à ce moment-là ?

Leurs regards se croisèrent. Cesare savait de quoi Fausto était capable. Elle la sentit de nouveau – cette compréhension tacite entre eux.

— Aucune personne saine d'esprit ne s'oppose à Fausto Calogero, murmura-t-elle.

Elle tourna la tête vers les jardins. Elle n'avait pas envie de penser à Fausto. Il n'avait pas sa place dans ce havre de paix.

— Pouvons-nous changer de sujet, maintenant ?

— Bien sûr, dit Cesare. Merci d'avoir accepté de me parler.

Il se leva de table.

— Je vais nous chercher un autre pot de café.

Elle le suivit des yeux tandis qu'il s'éloignait. Cesare était un homme bien dans sa peau. Un amant fantastique et attentionné. Mais surtout, il l'avait écoutée sans l'interrompre. La croirait-il sans aucune preuve pour étayer ses dires ? Elle appréciait qu'il n'ait pas cherché à en savoir plus sur sa vie chez son grand-père. C'était une époque qu'elle préférait oublier, malgré sa douleur récurrente à la cheville.

Que pensait Cesare d'elle, à présent ? Se confier à lui avait été naturel. Il ne lui avait pas ri au nez quand elle avait avoué avoir vraiment cru qu'il la voulait pour femme. Le seul détail qu'elle avait tu était la vraie raison pour laquelle elle l'avait épousé. Oui, elle craignait les représailles de Fausto. Se marier était son unique chance d'échapper à son grand-père. Mais elle *voulait* ce mariage. Elle voulait Cesare pour mari.

Cesare s'empara de la cafetière pleine pour s'empêcher de frapper le mur du poing. Calogero avait planifié d'utiliser Ida dès son enfance ! Tant de cynisme l'écœurait. Il s'en voulait de ne pas avoir songé qu'elle ait pu être une victime, elle aussi, trop terrorisée pour se rebeller.

Plus encore que ses mots, c'étaient les silences de Ida qui lui avaient glacé le sang. Lorsqu'elle s'était abstenue de confirmer si Calogero lui avait fait du mal, ou quand elle avait énoncé qu'aucune personne saine d'esprit ne lui tenait tête. Au vu des crimes souvent violents pour lesquels la police s'intéressait à lui, nul doute qu'elle avait souffert. Il détestait la savoir sous la coupe de ce monstre. Car elle avait dit la vérité, il en était convaincu. Son regard hanté ne mentait pas.

Pourtant, elle n'avait pas craqué une seule fois en racontant son histoire. Son courage forçait l'admiration. Depuis le début, elle n'était à ses yeux que la complice hypocrite de Calogero, aussi méprisable que son aïeul. Découvrir ce qu'elle avait vécu l'avait ébranlé. Il avait été si obnubilé par la protection de son entreprise familiale et de tous ceux qui en dépendaient qu'il n'avait pas envisagé un instant qu'elle aussi puisse avoir besoin d'être protégée. La culpabilité lui tordit les entrailles. Comment avait-il pu se montrer aussi arrogant et sans cœur ?

Face à son ennemi, il s'était drapé dans sa supériorité morale. À présent, il se voyait tel qu'il était vraiment derrière ses nobles idéaux : aussi faillible que son père, l'homme qu'il méprisait depuis toujours. Il s'était laissé aveugler par le dépit au point de passer totalement à côté de la vérité.

Non, c'était pire que cela. Son père avait été abusé par les fausses déclarations d'amour d'aventurières sans scrupule. Cesare, lui, ne pouvait s'en prendre qu'à lui-même. C'était Calogero qui avait sous-entendu que Ida participait au chantage. Pourquoi prêter foi aux propos d'un vulgaire malfrat ? Au lieu de prendre du recul, il avait cédé à la colère et s'était emporté contre cette femme qu'on lui imposait, d'autant plus durement qu'il était tenté de renoncer à sa vengeance pour ne se consacrer qu'à elle. Agir sous le coup de l'émotion était contraire aux enseignements de son *nonno*. Une erreur qu'il s'était juré de ne jamais reproduire pour l'avoir vue causer la perte de son père.

Tu parles d'une réussite.

Il sortit de la villa et retourna à la tonnelle. Ida contemplait le paysage, l'air ailleurs. Se remémorait-elle son passé difficile ? Comme si elle n'avait pas assez souffert, il en avait rajouté en l'accablant de reproches le soir de leur mariage. La honte lui serra la gorge. En approchant de la table, il vit qu'elle se massait la cheville, le pied droit posé sur son genou gauche. Ce n'était pas la première fois qu'elle faisait cela.

— Tu t'es fait mal ? s'enquit-il en plaçant la cafetière sur la table.

Elle reposa vivement le pied par terre.

— Non, ce n'est rien.

Elle se resservit une tasse tandis qu'il s'asseyait.

— Le café ici est délicieux. Il va me manquer.

— Alors reste.

Elle tressaillit et un peu de café se renversa sur sa main.

— Pardon ?

Il lui tendit sa serviette. Mais elle l'ignora pour lécher le liquide chaud coulant sur ses doigts. Son désir se réveilla. Penser au sexe était malvenu après les horreurs que Ida lui avait révélées.

— Reste quelque temps. Il n'y a pas le feu.

Ida plissa des yeux dubitatifs.

— Mais nous avons eu notre nuit de noces…

— Il va nous falloir plus d'une nuit pour se lasser l'un de l'autre, tu ne crois pas ?

Il tendit le bras sur la table et couvrit sa main de la sienne. Un courant électrique le traversa. Ida aussi. Il le lisait dans ses yeux. Elle avait eu la même expression cette nuit, et ce matin encore, quand elle s'était abandonnée dans ses bras. Son désir redoubla. Ce n'était pas seulement son corps qu'il voulait. Tout en elle le captivait. Sa passion désinhibée. Cette combinaison intrigante de force et de fragilité. Son refus orgueilleux d'être un objet de pitié. Elle méritait mieux de sa part.

— J'ai beaucoup d'admiration pour toi, Ida.

— Vraiment ? répondit-elle, visiblement choquée.

— Peu auraient eu ta résilience face à ce que tu as subi. La perte de tes parents. De ta liberté. La tyrannie de ce monstre. Puis devoir survivre seule, sans rien ni personne…

Lui aussi avait contribué à ses malheurs. Il se méprisait pour cela.

— Tu as affronté l'adversité avec courage et dignité.

Ida le regardait comme s'il était devenu un extraterrestre. Comment l'en blâmer ? Hier encore, il était prêt à l'accuser de tous les maux.

— Alors, tu me crois ?

— Oui.

Il serra les doigts autour des siens.

— Ma conduite à Rome était inqualifiable. Je me sentais

si impuissant face au chantage de Calogero que j'ai passé ma colère sur toi. Pas une seconde je n'ai pris le temps de me demander si tu n'étais pas une victime, toi aussi.

Il déglutit avec peine.

— Je suis désolé, Ida. Si j'avais été moins égocentrique, je t'aurais mieux traitée. Tu n'aurais pas eu à fuir au milieu de la nuit.

— Merci.

Elle avait accepté ses excuses, c'était un début. Se racheter prendrait du temps – s'il y parvenait un jour.

— Non, merci à toi de m'avoir dit la vérité. Cela n'a pas dû être facile.

Elle haussa les épaules. Une fois de plus, il admira sa force de caractère après tout ce qu'elle avait enduré. Mais peut-être était-ce les épreuves qui l'avaient rendue si forte ?

— Que les choses soient claires, précisa-t-il. Je veux que tu restes, en partie pour me faire pardonner mes erreurs, mais aussi pour te protéger de Calogero. Tu seras en sécurité ici.

Les yeux verts de la jeune femme brillèrent étrangement.

— Merci…

— Ne me remercie pas. C'est le moins que je puisse faire.

Après une pause, il ajouta :

— J'aimerais continuer ce que nous avons commencé hier soir, aussi longtemps que nous y prenons tous les deux plaisir. Mais sache que le sexe n'est pas une condition à ma protection.

— Tu disais que tu attendrais que je vienne à toi…

Quelle arrogance de sa part !

— Reste, Ida. Tu as bien mérité des vacances. Avec un peu de chance, Calogero sera bientôt rattrapé par la justice pour ses crimes.

— Vraiment ?

Ida n'avait pas l'air d'y croire. Après des années sous sa domination, elle devait le penser intouchable.

— C'est ce que j'ai entendu dire.

Si tout se passait comme prévu, il croupirait en prison

pour le restant de ses jours. Mais mieux valait ne pas vendre la peau de l'ours avant de l'avoir tué. Calogero était rusé. Il se battrait jusqu'au bout.

— Je pourrais te faire découvrir la Toscane, proposa-t-il. Que dirais-tu d'aller à Florence, Sienne ou San Gimignano ?

Elle lui avait révélé son passé douloureux. À son tour de faire un geste. Partager avec elle certains de ses lieux favoris l'aiderait peut-être à redorer son blason.

— Tu es sûr ? Nous sommes en plein divorce, objecta Ida. Si on nous voit ensemble…

Elle prit un air méfiant.

— Ou est-ce justement ton but pour dissiper les rumeurs sur ma disparition ?

C'était la dernière chose que Cesare avait en tête. Mais ses soupçons indiquaient qu'elle n'avait pas confiance en lui. Quoi de plus normal ? À lui de faire ses preuves. Il éprouvait le besoin inexplicable de remonter dans son estime.

— Je me moque de ce que les gens pensent de moi, décréta-t-il.

S'il avait souffert des accusations à son encontre au début, il avait préféré faire la sourde oreille et se consacrer pleinement à ses affaires.

— Je vis ma vie comme je l'entends. Pourquoi devrions-nous nous cloîtrer entre quatre murs ? Nous n'avons rien à cacher.

Ida semblait indécise. Mais il n'était pas prêt à la laisser partir.

— Vois cela comme des vacances, insista-t-il. Ce sera l'occasion de te détendre et t'amuser un peu.

Sans doute pour la première fois depuis longtemps. Il sentit la jeune femme fléchir.

— Imagine la tête de ton grand-père quand il apprendra que tu es ici avec moi, hors d'atteinte ? Saisis cette chance de faire enfin quelque chose pour toi.

L'argument fit mouche, à en croire le sourire de Ida. Un profond soulagement l'envahit, sur lequel il préférait ne pas s'appesantir. Elle était partante. C'était l'essentiel.

13.

Ida s'enfonça dans le siège en cuir de la décapotable. Le soleil de fin d'après-midi caressait ses épaules dénudées dans sa robe d'été. La petite ville nichée au cœur des collines rapetissait derrière eux dans un joyeux carillon de cloches. Il n'y avait pas une seule de ses ruelles pittoresques qu'ils n'avaient explorée. Elle glissa un regard vers Cesare. Sa parfaite maîtrise de la puissante voiture de sport le rendait encore plus sexy. Mais c'était le cadeau qu'il lui avait fait avec cette sortie qui faisait battre son cœur plus vite. À quand remontait la dernière fois qu'elle s'était sentie aussi heureuse ?

— Merci, Cesare. J'ai passé un excellent moment.

Il lui sourit, le regard dissimulé derrière ses lunettes de soleil.

— Ravi que la balade t'ait plu.

À peine deux jours s'étaient écoulés depuis qu'elle avait choisi de rester. Ida avait l'impression d'être là depuis toujours. Sa vie d'avant ne lui semblait plus qu'un lointain cauchemar. Ce n'était qu'un sursis, bien sûr. La réalité ne tarderait pas à reprendre ses droits. Mais lorsqu'elle y retournerait, ce serait avec des souvenirs plein la tête, pour lesquels elle tenait à lui exprimer toute sa gratitude.

— J'ai adoré ! renchérit-elle. Cette journée a été une révélation.

— Je te l'avais dit. La Toscane est un lieu à part.

Il ne comprenait pas. Il croyait qu'elle ne parlait que des vues époustouflantes et des édifices riches en histoire. Des petites rues pavées invitant à la flânerie et des étals de marché foisonnant de produits frais. Elle secoua la tête.

— La région est magnifique, oui. Mais c'est plus que cela. Plus que l'architecture, les gens ou la nourriture.

Mon Dieu, la nourriture ! Elle avait tout aimé. La *gelato* au citron dont l'acidité glacée lui avait piqué la langue. Le vin riche en bouche qu'ils avaient goûté chez un petit vigneron. Leur déjeuner, simple mais succulent.

— Tu m'as donné…

Elle chercha le mot adéquat sans parvenir à le trouver. L'émotion lui noua la gorge.

— Ida ? Qu'y a-t-il ?

Cesare chercha sa main et la serra dans la sienne. Un frisson de plaisir la traversa. En deux jours, elle était devenue accro à ces petits gestes. Avec lui, elle avait le sentiment que tout allait s'arranger. Mais rien n'était aussi simple dans la vie.

La voiture s'engagea dans un virage serré et il remit sa main sur le volant. C'était aussi bien. Elle se sentait assez embrouillée comme cela. Elle tourna les yeux vers les vignobles parés d'or dans le soleil couchant.

— C'est difficile à expliquer…

Elle hésita, partagée entre le besoin de lui faire comprendre combien cette journée comptait pour elle et la crainte d'en dire trop.

— Essaie quand même, l'encouragea-t-il.

Ida avait passé sa vie à refouler ses émotions. Kate était d'une autre génération. Elle avait fait de son mieux pour l'élever, mais n'avait jamais été une vraie confidente. Quant à son grand-père, il était la raison même pour laquelle elle gardait tout en elle.

— Tout ce que nous avons fait aujourd'hui était incroyable. Je suis aux anges. C'est cela, je crois… Le fait que tu aies réfléchi à ce qui me plairait et organisé une journée rien que pour moi.

Un dangereux trémolo s'insinua dans sa voix.

— Merci, Cesare. Cette excursion restera gravée dans ma mémoire.

Le temps de quelques heures, elle s'était sentie spéciale. Peu importait que lui faire plaisir n'ait pas été son unique motivation. Pendant un long moment, il garda le silence. Lorsqu'il reprit la parole, sa voix sonnait plus enrouée que d'habitude. À cause du vent, sans doute.

— Tu n'avais jamais eu cela avant ? Une journée rien que pour toi ?

— Plus depuis la mort de mes parents.

Certainement pas avec son grand-père. Même avec Kate, elle n'oubliait jamais qu'elle était une charge imposée, même si cette dernière évitait de le lui faire sentir.

— Quoi qu'il en soit, ta générosité me touche. Je voulais que tu le saches.

Ils auraient pu rester à la villa. Faire l'amour avec Cesare était son activité préférée. Elle aimait sa tendresse. Sa fougue. Sa façon de la séduire et l'entraîner vers des sommets toujours plus vertigineux. Le reste du temps, elle était libre de profiter des jardins, de la piscine, de la bibliothèque ou de la salle de cinéma.

— D'habitude, les femmes parlent de générosité quand on les emmène dîner dans un restaurant de luxe ou qu'on leur offre des cadeaux hors de prix.

— Tu dois fréquenter le mauvais genre de femme, rétorqua-t-elle avec provocation.

Elle nota son sourire crispé.

— Et demain, où aimerais-tu aller ? s'enquit-il.

— Demain ?

Ida fronça les sourcils.

— On sera lundi. Ne dois-tu pas retourner travailler ?

Il avait déjà perdu un temps précieux à la localiser au Royaume-Uni. Elle s'en voudrait de lui faire négliger son entreprise.

— J'ai appris à déléguer, répondit-il. Je garde un œil sur

les affaires, mais j'ai toute confiance en mes proches collaborateurs. Que dirais-tu de visiter Florence ?

Le cœur deIda s'emballa. Florence ! Elle rêvait d'y aller depuis ses cours forcés d'histoire de l'art. Ce qui était initialement une corvée s'était très vite transformé en temps fort de ses séjours à Londres. Sans doute les aurait-elle davantage appréciés sans la menace des foudres de son grand-père si elle ne satisfaisait pas ses attentes.

— J'en serais ravie !

— Alors c'est décidé.

Cesare eut un sourire absent. Ce n'était pas pour le plaisir qu'il lui proposait cette sortie. Dans son enthousiasme, elle avait failli l'oublier. Il l'emmenait à Florence pour qu'on la voie. Quoi qu'il en dise, cela l'arrangeait de prouver au monde qu'elle était bien vivante en l'exhibant dans les rues d'une grande ville touristique. C'était aussi une façon de montrer à Fausto qu'ils étaient ensemble selon leurs propres termes. Il prenait du temps avec elle parce qu'il y trouvait son compte. Pas parce qu'elle était spéciale.

Ses yeux s'embuèrent malgré elle. À quoi s'attendait-elle ? Ils n'étaient pas en lune de miel. Elle avait accepté son offre en toute connaissance de cause. Ce n'était pas maintenant qu'elle allait se remettre à croire aux contes de fées.

Pour la première fois depuis qu'il avait pris Ida pour amante, Cesare avait mauvaise conscience. Ses mots avaient touché une corde sensible en lui. Elle n'avait pas cherché à s'attirer sa sympathie. Sa sincérité ne faisait aucun doute. Pour lui, cette journée n'avait été qu'une banale sortie avec sa maîtresse du moment. Il était fier de sa région et voulait qu'elle l'apprécie aussi. Que cela revête une telle importance pour Ida était une véritable leçon d'humilité.

Ses propres problèmes pâlissaient à côté du lourd passé de la jeune femme. Sa gratitude lui faisait réaliser la chance qu'il avait eue. Malgré les défaillances de son père, il avait grandi dans un environnement stable, entouré de l'amour de son *nonno* et du reste de sa famille. Il n'avait manqué de rien en recevant la meilleure éducation possible. Cette sécurité était un luxe, il le comprenait aujourd'hui. Son *nonno* était strict, mais Cesare n'avait jamais eu peur de lui. Contrairement à Ida qui avait appris à craindre les représailles de son grand-père. Il n'osait imaginer ce que Calogero lui ferait s'il lui mettait la main dessus.

Il quitta la route principale pour s'engager dans l'allée menant à la villa.

— Enfin arrivés, lança-t-il en actionnant le portail électrique.

Il ne se tourna pas vers Ida comme il l'avait si souvent fait dans la journée. Ses sourires radieux étaient une drogue. La moindre expérience avait paru l'émerveiller. Il avait d'autant plus honte de l'homme désabusé qu'il était devenu. Mais sa résolution à faire tomber Calogero n'en était que plus forte.

Dans le vestibule, Dorotea vint à leur rencontre. Un paquet était arrivé pour Ida, annonça-t-elle. Lorsqu'ils entrèrent dans la bibliothèque, le visage de la jeune femme s'éclaira à la vue du sac à dos et du carton sur le bureau.

— C'est de la part de Jo ! s'exclama-t-elle. Comment est-ce possible ?

— J'ai fait livrer ton paquet. Mon livreur est revenu avec tes affaires, expliqua Cesare.

Ida ouvrit le sac à dos et en sortit une paire de baskets ainsi qu'une poignée de vêtements. Même après avoir vu l'endroit où elle vivait, Cesare était choqué du peu qu'elle possédait. Il regarda autour de lui, mais non. Il n'y avait aucun autre bagage.

— Merci. Tu n'étais pas obligé de faire cela.

— Ce n'est rien.

Leurs regards se happèrent. Pendant un moment, le temps parut s'arrêter. Puis elle se pencha sur le carton dont elle sortit plusieurs livres. Elle les caressa de la main comme pour se refamiliariser avec de vieux amis. Cesare s'approcha, curieux de découvrir ces objets chers à son cœur. Il y avait un vieil album photo et quelques dossiers étiquetés « Modèles ». Aucun roman de fiction, juste deux ouvrages écornés, l'un sur l'art, l'autre sur la décoration d'intérieur.

Ida avait sorti son téléphone et tapait un message, sans doute à sa colocataire. C'était indiscret de sa part, mais il ne put s'empêcher d'ouvrir un des dossiers. À l'intérieur s'entassaient des notes manuscrites, des échantillons de couleurs, textures et tissus, des croquis de meubles et d'architecture...

— Jo dit qu'un garde du corps est posté devant l'immeuble et garde un œil sur elle quand elle sort.

Elle haussa un sourcil interrogateur.

— Cela m'a paru plus prudent, dit Cesare. Le sbire de Calogero pourrait revenir lui tirer les vers du nez.

Même si ce vieux renard devait savoir, à présent, où se trouvait Ida.

La jeune femme parut reconnaissante.

— Merci. J'apprécie.

Croyait-elle qu'il allait ignorer le danger ? Il savait de quoi Calogero était capable. Des personnes avaient perdu la vie dans cet incendie d'usine. D'autres leur travail quand Brunetti Enterprises avait connu des difficultés suite aux interférences de Calogero. L'imaginait-elle obsédé par sa vengeance au détriment de tout le reste ?

Alors tu ne vaudrais pas mieux que ton ennemi.

Cesare préféra changer de sujet.

— As-tu songé à retourner vivre chez la cousine de ta mère ? demanda-t-il.

— Non. Ce serait mettre Kate et ses amies en danger. Pas question de leur faire cela.

Dire qu'il ne voyait en elle autrefois qu'une séductrice vénale... Elle était vulnérable, mais se souciait plus de ses proches que d'elle-même. Comment avait-il pu croire qu'elle l'utilisait pour se faire une place dans l'aristocratie ? Elle était la personne la plus loyale qu'il connaisse. Quelqu'un appréciant les joies simples de la vie, toujours honnête et spontanée dans ses réactions. C'était ce qu'il aimait le plus chez elle. Cela et son courage sans faille.

— Qu'attends-tu de l'avenir, Ida ? À quoi aspires-tu ? demanda-t-il à brûle-pourpoint.

— Quand je serai libérée de mon grand-père, tu veux dire ?

La pauvre vivait dans la terreur de son aïeul. Plus pour longtemps, se jura-t-il. Son silence était éloquent. Contrainte de se cacher, avait-elle jamais osé former le moindre projet ?

Il changea de tactique.

— Que voulais-tu devenir, enfant ?

— Danseuse, répondit-elle. Et toi ?

— Pompier, dit-il sans hésiter.

— Laisse-moi deviner… Tu voulais sauver des gens ?

— Oui. Mais surtout conduire un camion rouge avec une sirène et grimper à la grande échelle.

Le rire cristallin de Ida ricocha sous sa peau.

— J'imagine qu'il n'y avait pas de professeur de danse sur ta petite île ?

La lueur amusée dans ses yeux verts s'éteignit.

— Si. Beatrice avait été danseuse étoile et m'a prise comme élève. Je rêvais de suivre ses traces. Mais mon grand-père avait d'autres projets. Puis je me suis blessée à la cheville…

Elle lui tourna le dos pour ranger ses affaires dans son sac.

— Je suis désolé, murmura-t-il.

— Ce n'est rien. Je n'étais sans doute pas assez douée de toute façon, dit-elle en haussant les épaules.

Peut-être. Mais elle aurait mérité de tenter sa chance.

— Et maintenant ? Tu t'intéresses à la décoration d'intérieur ? As-tu de l'expérience dans ce domaine ?

Elle referma précipitamment le dossier qu'il avait laissé ouvert.

— Non. J'ai seulement suivi un cours en ligne. C'est difficile d'obtenir des qualifications quand on travaille jour et nuit pour subvenir à ses besoins.

Cesare la regarda jeter les dossiers dans le carton, puis les livres, et enfin le vieil album photo. Contenait-il des photos de ses parents ? Il éprouva une vive compassion à la pensée de tout ce qu'elle avait perdu. De toutes les opportunités qu'elle n'avait jamais eues. Pour autant, elle ne s'apitoyait pas sur son sort. Il l'admirait pour cela.

— Et toi, Cesare ? Sans ton entreprise familiale, que voudrais-tu faire aujourd'hui ?

Il croisa les bras et s'appuya contre le bureau.

— Je l'ignore. Depuis tout petit, je savais que je reprendrais les rênes de Brunetti Enterprises. C'était tout ce qui comptait pour moi.

— Vraiment ? Tu n'as jamais eu d'autre ambition ?

Peut-être était-ce son ton incrédule. Ou le fait qu'elle se soit si librement confiée à lui. Il avait le sentiment de la flouer en esquivant ses questions. N'avait-elle pas droit à un peu de sincérité, elle aussi ?

— Ma principale ambition était de ne pas ressembler à mon père, dit-il d'une voix bourrue.

Il ne l'avait jamais admis tout haut. Pas même à son *nonno,* bien que ce dernier l'eût sans doute deviné. Contre toute attente, il ne ressentait aucun malaise à en parler, lui qui détestait évoquer sa relation avec son père.

Dans le regard de Ida, il n'y avait ni surprise ni jugement.

— Ce n'était pas quelqu'un de bien ?

Cesare s'obligea à une réflexion objective.

— Ce n'était pas quelqu'un de mauvais, conclut-il.

Enfant, le désintérêt de son *papá* l'avait blessé. Plus tard, il lui en avait voulu de ses actions qui avaient fait le jeu de leur ennemi.

— Mais il était faible et égoïste. Il ne pensait qu'à lui.

La main de Ida enveloppa la sienne. D'instinct, il la captura. Sa peau semblait moins irritée depuis qu'elle utilisait la pommade fournie par Dorotea. La douceur de Ida était un baume, elle aussi, sur de vieilles blessures qui n'avaient jamais totalement cicatrisé.

— Il t'a fait de la peine.

Cesare secoua la tête.

— J'avais un grand-père formidable qui m'aimait. Je n'avais pas besoin de mon père.

Ida s'approcha, si près que son parfum affola ses sens.

— Tout enfant mérite l'amour de son père et de sa mère, affirma-t-elle.

C'est là qu'il comprit. Ida avait connu son lot de malheurs, orpheline très jeune et victime de la brutalité de son grand-père. Mais au moins, elle savait ce que c'était d'être aimée par ses parents. C'était de là que venait son infinie bienveillance.

— Il ne me maltraitait pas, raconta-t-il. C'est juste qu'il n'avait d'yeux que pour ses maîtresses, qui étaient toujours le grand amour de sa vie. Quand elles révélaient leur vrai visage, à savoir qu'elles n'étaient avec lui que pour son argent, il passait à une autre, puis une autre, et encore une autre. Il n'avait pas le temps de s'occuper d'un enfant.

— Peut-être était-ce sa façon de surmonter la mort de ta mère ? suggéra Ida.

— Peut-être.

— Mais cela n'excuse pas le mal qu'il t'a fait.

Une douce chaleur l'envahit à ces mots. Pas du désir. Autre chose, intime et réconfortant.

— Je n'étais pas malheureux. J'avais mon grand-père.

C'était la vérité. Sa famille était là pour prendre soin de lui.

— Mais, au fil du temps, mon père est devenu de moins en moins fiable. Son travail en souffrait et l'entreprise aussi. Ses mauvaises décisions ont laissé les coudées franches à Calogero pour frapper.

L'expression de Ida changea.

— Quoi ?

— Encore l'entreprise, dit-elle. Je sais ce qu'elle représente pour toi. Mais ce n'est pas *toujours* le plus important. Admettre qu'on a été blessé n'est pas une faiblesse.

Ida n'avait qu'une vision partielle des choses. Il avait un devoir envers sa famille, mais aussi envers les milliers d'autres dépendant de Brunetti Enterprises. Sa semonce n'était cependant pas dénuée de fondement. Il y avait en elle une sagesse qu'il ne pouvait ignorer. Il y réfléchirait plus tard. Il se sentait vulnérable tout à coup et détestait cela. Cela lui rappelait le petit garçon délaissé qu'il avait été.

Il se redressa et saisit l'autre main de Ida.

— Si je suis blessé, que proposes-tu pour y remédier ? susurra-t-il.

La jeune femme eut une moue frustrée.

— Tu changes exprès de sujet, se plaignit-elle.

Il promena les doigts le long de ses bras et l'embrassa dans le cou. Un désir féral l'animait, exacerbé par les émotions qu'elle avait fait remonter à la surface en voulant le réconforter.

— J'ai besoin de toi, souffla-t-il. Être avec toi m'apaise.

Ce n'était ni une diversion ni une offensive de charme, mais la simple vérité. Il avait besoin de cette intimité. De son corps uni au sien. De l'ivresse de ses baisers. Eux seuls avaient le pouvoir d'exorciser ses vieux démons, au moins pour quelques heures.

— S'il te plaît, Ida.

Elle scruta son visage, et son expression s'adoucit. Sa main vint effleurer sa joue.

— Qu'est-ce qu'on attend pour monter ?

14.

Cesare n'écoutait que d'une oreille son cousin faire l'éloge du nouveau créateur qu'il projetait d'engager. Ses pensées étaient entièrement tournées vers Ida, éblouissante dans une robe pourpre ras-le-cou épousant sa silhouette. Le chignon bas sur la nuque mettait en valeur son port de tête altier. Toute l'élite européenne était présente au prestigieux gala de charité donné au jardin de Boboli à Florence. Même parmi la crème de la crème, elle sortait du lot.

Quelques jours s'étaient transformés en quelques semaines, et Ida ne cessait de l'époustoufler. Après un mois et demi, il n'était toujours pas prêt à la laisser partir. Pas seulement à cause de la menace que représentait Calogero. Il ne s'était jamais senti aussi bien que depuis qu'ils vivaient ensemble. Était-ce un effet de ses quatre années de chasteté exclusivement dédiées au travail ? Ou y avait-il plus que cela ?

— Cesare ? Tu m'écoutes ?

— Désolé, Francesco. J'avais la tête ailleurs.

Cela ne lui ressemblait pas. Il gardait toujours l'esprit affûté quand il était question d'affaires.

Francesco s'esclaffa.

— Pas étonnant. Ta femme est très en beauté, ce soir.

— N'est-ce pas ?

Sa femme. Il y avait eu un temps où il abhorrait cette réalité. Plus maintenant. Du reste, elle ne le serait plus pour longtemps. Mais, pour la première fois, il savourait l'instant présent sans se soucier de l'avenir. L'entreprise prospérait, dynamisée par de nouvelles opportunités. Il pouvait compter sur une équipe de direction compétente et lâcher un peu de lest. Quant à Calogero, il ne s'était pas manifesté. Il devait bouillir de rage de le voir avec Ida sans en retirer le moindre bénéfice. Plusieurs enquêtes étaient en cours sur ses agissements. Nul doute qu'elles conduiraient bientôt à son arrestation.

Ida s'en irait-elle sitôt son grand-père hors d'état de nuire ?

Ses mains devinrent soudainement moites.

— Je suis heureux de voir que votre mariage se porte bien, lui chuchota Francesco.

Cesare hocha la tête. Que répondre ? Que ce n'était que provisoire ? Que leur mariage se résumait à du sexe torride ? Que les papiers du divorce étaient déjà signés ?

Il termina son verre d'une traite. Ida rentrerait au Royaume-Uni dès que tout danger serait écarté. De son côté, il épouserait un bon parti afin d'assurer la continuité de la lignée Brunetti. Ce serait un mariage de convenance. Il avait trop vu son père courir après le mirage de l'amour. Cette quête futile l'avait rendu stupide. Cesare s'était juré de ne jamais finir comme lui.

Ida rit à une plaisanterie de son interlocutrice, d'un rire aussi pétillant que le champagne dans son verre. Elle renversa la tête en arrière, et il admira sa gorge pâle et les reflets d'or dans ses cheveux. Elle était si vibrante de vie ! Elle se fondait sans peine dans la foule, comme à chaque événement auquel ils avaient assisté. Cesare aimait sa compagnie. Avec elle, il pouvait délaisser un peu son devoir et profiter de la soirée.

Bien sûr, les pires commères s'étaient empressées de l'interroger sur sa disparition. Ida avait affronté leurs questions avec courtoisie, sans se laisser démonter, en leur faisant clairement comprendre qu'elle se moquait bien de ce qu'on pouvait raconter sur elle. Sa dignité lui avait valu le respect de beaucoup. Quelques personnes restaient suspicieuses. Mais dans l'ensemble, l'accueil avait été positif.

Cesare se réjouissait de la voir si bien s'entendre avec certains de ses amis. Comme la femme avec qui elle échangeait, une créatrice de talent. Lorsque celle-ci s'éloigna, leurs regards se cherchèrent. Des étincelles passèrent entre eux.

— C'est officiel, je parle dans le vide, plaisanta Francesco.

— Cela t'apprendra à ne penser qu'au travail, répliqua Cesare.

Son cousin ouvrit des yeux ronds. Cesare ne manquait jamais une occasion de discuter affaires, d'habitude. Promouvoir Brunetti Enterprises était la principale raison pour laquelle il fréquentait les soirées mondaines.

— Je passerai au bureau demain. Nous reprendrons cette conversation autour d'un café, promit-il.

— Avec plaisir.

Ida s'approcha et Francesco l'embrassa sur la joue.

— Je ne sais pas ce que tu as fait à mon cousin, mais il est métamorphosé. Tu es une magicienne !

Il lui adressa un clin d'œil, avant de se pencher pour lui murmurer quelques mots à l'oreille. Puis avec un signe de tête à Cesare, il s'en alla.

Cesare noua un bras possessif autour de Ida, sous le regard amusé de la jeune femme. Voilà qui était mieux. La tension dans ses épaules se relâcha lorsqu'elle se lova contre lui.

— Je crois qu'on nous regarde, chuchota-t-elle.

— Tant mieux.

Sa main migra vers sa hanche. Le désir rugit dans ses veines. Il avait envie d'elle. Ce n'était ni le moment ni l'endroit, mais ses yeux fouillaient déjà les jardins en quête d'un recoin sombre…

— Si nous partons maintenant, Francesco saura pourquoi.

Ida devinait à quoi pensait Cesare, ce qui n'était pas pour lui déplaire.

— Pourquoi ? Que t'a-t-il dit ?

Sa voix rauque attisa les braises en elle. Ida sentit ses seins pointer sous le corsage de sa robe. Une chance qu'il n'y eût pas grand monde dans ce coin des jardins.

— Rien d'important, esquiva-t-elle. Tu sais qu'il adore te taquiner.

« C'est bien que vous soyez de nouveau ensemble. Tu es la femme qu'il lui faut, Ida. »

Les mots de Francesco l'avaient troublée, tant ils faisaient écho à ce qu'elle-même ressentait. Cesare était l'homme qu'il lui fallait. Avec lui, elle s'épanouissait. Pas seulement sexuellement, bien que ce fût une importante part de ce qu'ils partageaient. Elle se sentait réconciliée avec elle-même, moins en décalage avec le monde.

En Toscane, elle goûtait à un bonheur qu'elle n'avait plus connu depuis l'époque où ses parents étaient encore en vie. Où elle était aimée et protégée. Vivre avec Cesare, l'homme qu'elle avait espéré ne jamais revoir, avait pris une tournure inattendue. Cette parenthèse l'enchantait et l'effrayait à la fois. Car une parenthèse, par définition, n'était pas faite pour durer.

— On ne peut pas partir tout de suite. J'ai un discours à donner, pesta Cesare avec un coup d'œil impatient à sa montre. Mais, promis, je ferai court.

Son regard ténébreux luisait de désir. Ida avait hâte de rentrer.

Rentrer où ? la nargua une petite voix. Chez eux ? La villa de Cesare n'était pas « chez eux ». Elle n'était qu'une invitée qui, à force de repousser son départ, perdait de vue la réalité. En six semaines, elle n'avait effectué aucune démarche concrète pour la suite.

Parce qu'elle n'avait aucune envie de passer à la suite.

— Ida ? Qu'y a-t-il ?

Toujours aussi observateur. Il lisait en elle comme à livre ouvert.

— Comptes-tu te remarier quand tout cela sera fini ? demanda-t-elle de but en blanc.

— Me remarier ?

— Pas tout de suite, mais… tu sais.

Était-ce de la culpabilité qu'elle décelait dans ses yeux ? Elle regretta aussitôt sa question. Planifiait-il déjà sa prochaine union pendant qu'il s'offrait une aventure sans lendemain avec sa future ex-femme ? Une boule se forma dans sa gorge. Qu'est-ce qui l'en empêchait ? Ils avaient signé les papiers du divorce. La procédure était lancée.

Le bras de Cesare se crispa autour d'elle.

— Pourquoi cette question, Ida ? Y songes-tu de ton côté ?

Son visage n'était plus qu'à quelques centimètres du sien.

— Bien sûr que non. Ce n'est pas un homme qui fera mon bonheur.

Menteuse. Cesare te rend heureuse.

Il recula la tête comme sous l'effet d'une gifle. L'avait-elle vexé ? Non, Cesare avait été très clair : leur liaison ne durerait que le temps de leur attraction mutuelle, qui finirait par s'estomper. S'il le disait, ce devait être vrai. C'était lui, le plus expérimenté. Du reste, elle n'était pas stupide. Son mépris ne lui avait pas échappé lorsqu'il avait évoqué son père, cœur d'artichaut consumé par ses passions successives. Et si ce dernier avait seulement cherché l'amour après la mort de sa femme ? À quel point l'attitude de ce grand-père qu'il vénérait avait-elle influencé Cesare ?

Aucune importance. Le résultat était le même : il n'était pas un romantique. S'il se remariait, ce serait avec une prétendante du même milieu que lui, digne du P-DG influent qu'il était. Pas avec une femme comme elle.

— Je te comprends. Tous les hommes dans ta vie t'ont traitée de manière odieuse, grinça-t-il, les dents serrées.

Ida posa une main sur son bras.

— Tu t'es déjà excusé, Cesare. C'est du passé, maintenant.

Elle savait qu'il se sentait responsable de ses années noires après leur mariage. Mais l'adversité l'avait rendue forte et lui avait appris qu'elle était capable de se battre, même face à un futur incertain.

Un futur sans Cesare.

Le désarroi lui serra la poitrine. Elle laissa retomber sa main et tenta de s'éloigner.

— Allons rejoindre les autres…

Mais Cesare la retint contre lui.

— Qu'essaies-tu de me dire, Ida ? Que tu as changé d'avis ? Que tu t'es lassée de moi ?

— Non ! s'exclama-t-elle avec force.

Elle n'était pas prête à s'en aller. Pas encore. Elle allait le supplier quand un sourire incurva ses lèvres. Ce sourire ravageur qui transformait ses jambes en guimauve.

— Tant mieux, car je n'ai aucune intention de te laisser partir.

Le soulagement l'envahit. Le feu dans ses yeux bruns se propagea à son être lorsqu'il glissa une main dans ses cheveux. D'instinct, elle sut que ce regard soulèverait toujours en elle la même réponse. Le même mélange de tendresse et d'anticipation. Son cœur battait la chamade. Mais il ne l'embrassa pas. Jamais en public. Il suffisait que leurs lèvres se frôlent pour que leurs corps s'enflamment, et cela ne pouvait se finir que d'une seule façon : elle et lui repus dans les bras l'un de l'autre.

Il pressa un baiser léger sur sa tempe.

— Patience, *tesoro*.

Ensemble, ils rejoignirent les autres invités. Ida aimait sentir sa présence rassurante à ses côtés. Rassurante car, loin de vouloir le quitter, elle ne pouvait plus s'imaginer sans lui. Quand était-elle devenue aussi dépendante ? Comme si son bonheur était inextricablement lié à Cesare… Une alarme se déclencha dans un coin de son esprit. Une personne s'approcha et invita Cesare à la suivre. Il serra ses doigts en promettant de ne pas être long avant de s'éloigner à grands pas, la laissant seule avec ses questionnements.

Pourquoi la perspective de leur séparation prochaine la plongeait-elle dans une telle détresse ? Elle était capable de survivre par elle-même. Peut-être était-ce là que le bât blessait. Survivre ne lui suffisait plus. Ces dernières semaines lui avaient ouvert les yeux sur ce à quoi elle aspirait vraiment. Être heureuse. Profiter de la vie avec un partenaire aimant.

Se réveiller chaque jour pleine de confiance en l'avenir. Et s'endormir tous les soirs dans les bras de Cesare…

Son cœur s'arrêta.

Quand était-elle tombée amoureuse de son mari ?

Quand il l'avait sauvée de son grand-père en l'emmenant en Italie ? Quand il lui avait fait langoureusement l'amour ? Quand il l'avait écoutée sans la harceler de questions, devinant ce qu'elle préférait taire ? Elle avait été touchée qu'il s'excuse de sa conduite passée et prenne des mesures pour protéger Jo. Il y avait aussi cette visite qu'il avait organisée pour elle au département de décoration d'intérieur de Brunetti Enterprises. Elle avait eu toute une journée pour poser des questions et se familiariser avec leur travail. Cesare l'encourageait sans réserve à réaliser ses rêves. Il avait même commencé à lui présenter ses amis. Contre toute attente, il n'avait pas cherché à la cacher, ni ne l'avait exhibée contre son gré dans son propre intérêt.

Il était un amant passionné, qui la soutenait et la respectait. Comment ne pas tomber sous le charme ?

Elle ne se sentait pas toujours à l'aise parmi la noblesse italienne. Mais elle avait rencontré assez de ses amis pour les savoir sincères et bienveillants. Ce qui en disait long sur Cesare lui-même. Il n'avait rien du monstre qu'elle voyait en lui autrefois.

— Ah, te voilà, Ida !

Francesco s'avança vers elle, bras ouverts.

— Viens, j'ai des gens à te présenter. Mon cousin devrait avoir honte de t'avoir laissée seule.

Son sourire lui fit chaud au cœur. Du coin de l'œil, elle surprit le regard approbateur de Cesare. Pour la première fois depuis longtemps, Ida se sentait *en famille*. Sa gorge se noua. Ce n'était qu'une illusion, bien sûr. Ces gens n'étaient pas sa famille. Elle n'avait pas sa place parmi eux. Mais ils l'avaient acceptée si naturellement ! Après le calvaire que lui avait fait vivre son grand-père, leur accueil et leur gentillesse la bouleversaient.

Alors, quand Cesare fendit la foule quinze minutes plus tard sous un tonnerre d'applaudissements, elle accepta sans hésiter le bras qu'il lui tendait. L'odeur de cèdre de son après-rasage l'enveloppa tel un manteau. Elle se sentit tout de suite mieux.

— Cela ne t'ennuie pas, de partir tôt ? murmura-t-il.

Si cela l'ennuyait ? Il était si sexy en smoking qu'il lui faisait perdre la tête ! Elle emmagasinait les souvenirs avant que leurs chemins se séparent, réalisa-t-elle. Le moment venu, quitter Cesare serait un déchirement. C'est pourquoi, d'ici là, elle était bien décidée à savourer chaque seconde avec lui.

— Au contraire. J'ai hâte que nous soyons seuls, susurra-t-elle.

— Tes désirs sont des ordres.

Ils traversèrent les jardins au pas de course. Cesare ne ralentit pour personne, écourtant les salutations de qui cherchait à lui parler en promettant une entrevue prochaine. À l'extérieur, ils fendirent la barrière de paparazzis et s'engouffrèrent dans la limousine apparue comme par magie. Quelques minutes plus tard, ils roulaient dans les rues de Florence. La beauté de la ville la rendit nostalgique. Y reviendrait-elle un jour ? Ou revisiter ces lieux à jamais associés à Cesare serait-il trop douloureux ?

Perdue dans ses pensées, elle ne remarqua pas tout de suite que la voiture s'était arrêtée. Ce n'est que lorsque Cesare descendit qu'elle s'aperçut qu'ils se trouvaient devant un luxueux hôtel dont le portier s'avançait déjà pour lui ouvrir la portière. Elle sortit à son tour et prit la main de Cesare.

— Que faisons-nous ici ? demanda-t-elle, perplexe.

— La villa est trop loin, lui souffla-t-il à l'oreille. J'ai envie de toi *maintenant*.

Tout son être s'enfiévra. L'intensité dans les yeux de Cesare la troublait. S'imaginait-elle des choses ? Oui, sûrement. Ce n'était que du sexe pour lui. Leur relation était purement physique.

— Moi aussi, dit-elle d'une voix qu'elle ne reconnut pas.

Le chemin jusqu'à leur suite se fit comme à travers un brouillard, qui ne se leva que lorsque Cesare ferma la porte derrière eux. L'espace d'un instant, seul leur souffle haché emplit le silence. Puis elle fut dans ses bras, portée vers une vaste chambre digne d'une suite nuptiale. Désir, espoir, exaltation… Les émotions tourbillonnaient en elle. Elle était humaine. Tant pis si cela ne devait pas durer. Le monde extérieur cessa d'exister. Ce soir, elle n'écoutait que son cœur.

15.

Ida lisait dans son coin préféré des jardins, un banc à l'ombre d'une treille offrant une vue dégagée sur les collines environnantes. Du moins essayait-elle. Impossible de se concentrer sur le roman emprunté dans la bibliothèque de Cesare. Ses pensées revenaient sans cesse à leur nuit à Florence.

Ils s'étaient étreints avec une telle ferveur, un tel besoin l'un de l'autre ! À l'urgence de leurs ébats s'était mêlée une émotion qui avait chaviré son cœur. Plus tard, les marques de ses ongles dans le dos de Cesare et les traces rouges sur sa propre peau dues à sa barbe naissante lui avaient inspiré une tendresse possessive. C'était toujours intense quand ils faisaient l'amour, mais jamais elle ne s'était sentie aussi proche de lui.

Ce n'était pas seulement le sexe. C'étaient aussi leurs discussions sur l'oreiller, bras et jambes entrelacés. C'étaient leurs rires complices et cette incroyable osmose entre eux, comme si un lien invisible les unissait. Oui, leur intimité dépassait le simple désir physique. Ils vivaient quelque chose de magique et elle se sentait en sécurité avec lui. C'était tout cela, et plus encore.

À un moment, il lui avait demandé si elle était heureuse. Elle avait répondu sans hésiter : plus qu'elle ne l'avait jamais été. C'était la vérité. Ils étaient restés ainsi un long moment, les yeux dans les yeux, avant de finalement s'endormir dans les bras l'un de l'autre.

Dans la matinée, il l'avait ramenée à la villa, puis était

retourné à Florence pour un rendez-vous qui lui était sorti de la tête. À cause d'elle ? Cette pensée lui avait mis le sourire aux lèvres. Avait-elle enfin trouvé en Cesare un homme qui l'apprécie à sa juste valeur ? Ou prenait-elle ses désirs pour des réalités ?

— *Signora,* un appel pour vous.

Dorotea apparut devant elle, un téléphone à la main.

— *Grazie,* Dorotea.

Ida prit l'appareil. Ce devait être Jo. Qui d'autre l'appellerait ici ? Mais pourquoi sur la ligne fixe plutôt que son portable ?

— Jo ? Comment vas-tu ?

— Bonjour, Ida. Comment se passe ta petite idylle avec Brunetti ?

Le sang de Ida se figea dans ses veines. Cette voix… Elle avait espéré ne plus jamais l'entendre. Elle se leva d'un bond, le cœur au bord des lèvres. L'angoisse lui tordait le ventre. D'instinct, elle ouvrit la bouche pour rappeler la gouvernante.

— N'y songe même pas, gronda son grand-père. Si tu donnes l'alerte, tu le regretteras. Tu es surveillée. Désobéis et je le saurai.

Affolée, elle balaya des yeux les alentours. Était-il là, embusqué aux abords de la villa ? Lui ou un de ses sbires équipé d'un téléobjectif ? Peut-être même d'un drone ? Elle déglutit, la gorge sèche. Aucun son ne sortait de sa bouche. C'était idiot ! Elle n'avait qu'à crier pour que Dorotea l'entende. La propriété était bien gardée. L'équipe de sécurité ne laisserait personne s'y introduire. Mais la peur, instillée en elle depuis des années, l'emporta sur le bon sens.

— Voilà qui est mieux, approuva Fausto. Pas d'incartade et tout ira bien.

Elle devina son sourire mauvais à son intonation.

— Que veux-tu ?

— Tu n'aimerais pas que quelque chose arrive à Brunetti, je me trompe ?

La terreur lui comprima la poitrine. Elle suffoquait, à court d'oxygène. Tant bien que mal, elle parvint à retrouver sa voix.

— Qu'essaies-tu d'insinuer ?

— Il vient de partir, n'est-ce pas ? Dans cette voiture de sport, sur ces routes étroites… Personne n'est à l'abri d'un accident.

Ida sentit le sang refluer de son visage. Tout se brouilla autour d'elle. Elle revoyait la malveillance dans les yeux de son grand-père quand il l'avait poussée dans l'escalier, la laissant avec une cheville cassée et une commotion cérébrale. Elle songea aux révélations de Cesare. L'incendie d'usine qui avait fait plusieurs victimes. Les rumeurs d'autres crimes.

— Je t'écoute, murmura-t-elle d'une voix blanche.

Le rire sardonique de Fausto la glaça jusqu'à l'os.

— Tu croyais que Brunetti allait te sauver ? Comme s'il se souciait d'une Calogero…

Je ne suis pas une Calogero.

— Ou est-ce le sexe qui te plaît, petite traînée ?

Ida était écœurée. Elle se retrancha dans sa carapace, son mécanisme de défense par défaut face aux insultes de son grand-père. Les mots lui parvenaient de loin, indistincts, même si leur violence ne manquait jamais de la secouer. Elle tremblait de la tête aux pieds. S'il s'en prenait à Cesare…

— Que veux-tu ? répéta-t-elle sèchement.

Il y eut un bref silence, comme si son interruption avait pris Fausto de court.

— Une voiture t'attend près du portail. Sors de la propriété et montes-y, ordonna-t-il. Tu connais le code, pas vrai ? Si on te demande où tu vas, dis que tu vas te promener.

Ida secoua la tête. Croyait-il vraiment pouvoir continuer à la mener à la baguette comme avant ?

— Ne me défie pas, tonna Fausto. Ou c'est ton amant qui paiera. Qui sait s'il arrivera jusqu'à ses bureaux ?

La panique la fit chanceler. Ce n'était pas des menaces en l'air. Son grand-père était capable du pire. Quatre ans plus tôt, elle avait ruiné ses projets en disparaissant. Cesare l'avait évincé de son entreprise et la police le traquait. Il était aux abois.

— Ne lui fais pas de mal ! s'écria-t-elle.

Son rire cruel lui égratigna les oreilles.

— Tu sais ce qu'il te reste à faire. J'ai un nouveau plan et tu vas m'aider à le réaliser. Tu me dois bien cela.

Ida se cramponna au banc.

— Ne va pas à l'intérieur. Ne parle à personne. Pose le téléphone et viens directement au portail.

Suivit une brève pause.

— Si tu n'es pas là dans sept minutes, dis adieu à ton chéri.

La communication coupa.

Ida resta paralysée. Elle avait l'impression d'étouffer. Retourner chez son grand-père ? Tout, mais pas cela ! Si elle se livrait à lui, c'en était fini. La vengeance de Fausto serait terrible.

Pendant des années, son seul rêve avait été d'être indépendante. Quand elle avait fui après son mariage, elle avait cru y être enfin parvenue. Tant pis si la pauvreté et un travail épuisant étaient le prix à payer. Au moins, elle vivait selon ses propres termes. Mais était-ce vraiment le cas ? Même sans savoir où elle se trouvait, Fausto avait continué à régir sa vie. En l'obligeant à se cacher. À vivre dans la peur. Malgré cela, elle s'était battue pour sa liberté. Et elle devrait y renoncer ?

C'est cela ou mettre en danger l'homme que tu aimes.

Oui, elle aimait Cesare. Elle l'avait compris à Florence. Et elle en avait la confirmation à présent que sa vie était menacée. Elle qui avait appris à se méfier des hommes, surtout riches et puissants, était tombée éperdument amoureuse de Cesare Brunetti. Aimer était la plus belle chose au monde. Même s'il ne partageait pas ses sentiments, il l'avait sauvée, de toutes les façons possibles. Il lui avait redonné goût à la vie et confiance en l'avenir. Si Fausto touchait à un seul de ses cheveux…

Une image se dessina dans son esprit. Sa voiture de sport, renversée dans un fossé… Un sanglot lui monta à la gorge. Elle le ravala de peur que Dorotea l'entende.

Carrant les épaules, elle se mit en marche vers le portail.

À chaque pas, sa résolution grandissait. Pas question de laisser Cesare devenir une autre victime de son grand-père. Oh ! elle ne se faisait pas d'illusions. Fausto la punirait de s'être enfuie. Et rien ne garantissait qu'il ne s'attaque pas à Cesare malgré tout. Mais si obéir était la meilleure chance de le sauver…

Ida accéléra le pas. Sept minutes. Elle ne devait surtout pas être en retard.

— Comment cela, « partie » ?

Cesare s'impatienta au téléphone.

— Elle a quitté la propriété, expliqua Lorenzo. Dorotea dit qu'elle a reçu un appel d'un ami. Un homme. Dix minutes plus tard, elle avait disparu, sans même prendre son sac à main.

— Un homme ? Quel homme ?

Cette histoire ne tenait pas debout. Ida avait parlé de se détendre avec un livre. Lorsqu'il avait promis de revenir tôt dans l'après-midi, son sourire empli de promesses avait gonflé sa libido à bloc.

— Je soupçonne qu'il s'agit de Fausto Calogero.

— Quoi ?

Cesare se redressa dans son fauteuil.

— Jamais elle ne retournerait avec lui. Pas après ce qu'il lui a fait.

Sa détresse était réelle quand elle avait évoqué sa vie sous l'emprise de Calogero. Il n'avait aucun doute là-dessus.

— Dorotea a mentionné un homme âgé.

— Cela ne prouve rien…

— Je visionne la vidéo de sécurité du portail.

— Et ?

— Elle n'a pas été enlevée, dit Lorenzo. Elle tape le code elle-même.

Cesare serra son téléphone. Ida était partie de son plein gré ? Sans un mot à personne ? Quelque chose leur échappait.

— A-t-elle pris une voiture dans le garage ?

Peut-être projetait-elle de le surprendre au travail ? Oui, c'était sûrement cela. Il l'emmènerait déjeuner dehors. Ou fermerait la porte à clé pour la prendre là, sur son bureau.

— Non. Elle est montée dans un véhicule qui l'attendait.

Il y eut une pause.

— J'ai reconnu l'homme, ajouta Lorenzo. C'est lui qui la cherchait à Londres.

Une sueur froide coula entre ses omoplates. Bruno, l'homme de main de Calogero. Ida en avait tellement peur qu'elle l'avait suivi en Toscane sans même passer prendre ses affaires chez elle.

— Envoie-moi la vidéo, aboya Cesare. Les as-tu fait suivre ?

— Le temps que j'apprenne qu'elle avait disparu, il était trop tard. Mais toute l'équipe est maintenant sur le pied de guerre. J'ai aussi appelé un contact dans la police. On espère avoir bientôt un retour.

« Bientôt » ? C'était tout ce qu'il trouvait à dire ? Mais accabler Lorenzo de reproches ne servait à rien. Son équipe de sécurité n'avait jamais eu ordre d'empêcher Ida de sortir. Où était-elle allée ? Et pourquoi avec Bruno ? Lorenzo devait se tromper.

Il ouvrit la vidéo de surveillance sur son ordinateur. Ida apparut, vêtue d'une robe avec des rubans de velours sur les épaules et sous la poitrine. Celle qu'elle portait le premier jour. Son pouls s'accéléra en la voyant taper le code et franchir le portail sans un regard en arrière. Elle s'immobilisa un bref instant, et ses épaules se soulevèrent comme si elle prenait une grande inspiration. Puis elle approcha d'une voiture aux vitres teintées. Un homme au physique de catcheur tenait la portière ouverte. Nez tordu. Cou épais. Mine patibulaire. Cesare le reconnut tout de suite. Sa façon de reluquer Ida le rendit malade. Mais elle n'opposa aucune résistance.

Si Bruno était là, Calogero aussi. Dans la voiture ou ailleurs à l'attendre. Elle avait quitté de sa propre volonté la sécurité de la villa pour rejoindre les hommes qui la terrifiaient. La tête lui tournait. Pourquoi ferait-elle cela ? Il la protégeait contre son grand-père. Elle était heureuse avec lui. Elle le lui avait dit. Elle riait plus souvent et ses yeux pétillaient. Qu'est-ce qui avait changé ?

Peut-être rien ? lui souffla une voix insidieuse.

Il se repassa la vidéo. Excepté cette infime pause, rien ne trahissait la moindre crainte dans son comportement.

Peut-être n'a-t-elle jamais eu peur de lui. Peut-être sont-ils alliés dans un plan plus machiavélique qu'il n'y paraît.

Un goût amer lui emplit la bouche. Impossible. Il connaissait la vraie Ida. Jamais elle ne s'associerait à Calogero et son sbire. Il étudia une nouvelle fois la vidéo. Cette pause… Et si c'était un soupir de soulagement ? Si elle n'attendait que cela, de retourner dans sa famille ? Lui mentait-elle depuis le début ? Après tout, il n'avait aucune preuve de ses dires. Il l'avait crue sur parole. Peut-être avait-elle toujours été la disciple zélée de Calogero dans l'art de la manipulation. Mais n'avait-elle pas paru sous le choc de le voir à Londres ? Elle ignorait qu'il la cherchait.

Sauf si tu étais sous surveillance. Calogero pourrait l'avoir prévenue afin qu'elle te tende un piège.

Qu'aurait-elle à y gagner ? Ce n'était pas leur liaison qui allait stopper le divorce. Elle avait déjà signé les papiers, et le contrat de mariage le mettait à l'abri. Un autre scandale ? Après la tempête médiatique qu'il avait essuyée suite à sa disparition, ce n'était pas quelques commérages de plus qui allaient l'atteindre. Ida n'était pas non plus une voleuse. Elle avait eu un accès libre à toute la villa, y compris en son absence, mais aucun objet de valeur ne manquait.

Et si c'était autre chose qu'elle cherchait ? Le doute le gagna. Elle avait aussi utilisé son ordinateur portable pour se renseigner sur les formations en décoration d'intérieur. En avait-elle profité pour le pirater ? Calogero avait perdu sa mainmise sur Brunetti Enterprises et risquait la prison pour ses divers crimes. Un homme acculé était d'autant plus dangereux. L'avait-il envoyée en mission d'infiltration afin d'enquêter sur le dossier monté contre lui et le moyen de reprendre l'avantage ?

Cesare ferma la vidéo de surveillance. Son cœur lui soufflait que Ida ne l'avait pas trahi. Mais sa raison brossait un autre tableau. Il avait vu de ses yeux comment les faveurs d'une belle femme abêtissaient un homme. Ida n'était pas seulement belle. Elle l'enchantait et illuminait son quotidien. La transpiration perla à son front.

Avait-il hérité de la faiblesse de son père ?

S'était-il laissé amadouer par une séductrice prête à tout pour parvenir à ses fins ?

Agir impulsivement. Mélanger plaisir et affaires. Accorder sa confiance sans garanties. Cela allait à l'encontre de tous les principes appris de son *nonno*. Un homme d'honneur se devait de protéger une femme en danger. Mais cet instinct s'était mué en un sentiment plus profond qui menaçait de causer sa perte.

Avait-il commis la plus grave erreur de sa vie ?

16.

Ida se réveilla avec un horrible mal de tête. Tout son corps était endolori. Et pourquoi avait-elle autant de mal à respirer ? L'esprit engourdi, elle mit plusieurs secondes à comprendre qu'un bâillon lui obstruait la bouche. Lorsqu'elle voulut y porter la main, elle s'aperçut que ses poignets étaient solidement attachés ensemble. Ses chevilles aussi. La panique la submergea.

Que se passait-il ? Où était-elle ?

Elle ouvrit les yeux et cilla. Une douleur fulgurante lui vrilla le crâne. S'exhortant au calme, elle regarda autour d'elle. Elle était allongée sur un sol en marbre dur et froid. Celui d'un vaste salon à l'opulence d'un autre siècle. Les meubles anciens ornés de dorures, les tableaux aux murs, les tentures de velours devant les hautes fenêtres…

La mémoire lui revint. Bruno l'avait amenée ici, dans ce vieux manoir où l'attendait son grand-père. Ida sentit sa peur revenir au galop. Il lui avait paru plus vieux et plus fragile que dans son souvenir. À tel point qu'elle s'était demandé s'il n'était pas malade. Son caractère, en revanche, n'avait pas changé. Elle revoyait son rictus fielleux lorsqu'il l'avait raillée pour s'être crue à l'abri.

Mais elle pouvait encore lui être utile, avait-il déclaré. Pour faire souffrir Cesare et l'obliger à arrêter ses investigations. Si cela échouait… Son ton doucereux lui avait fait froid dans le dos. Puis il l'avait bombardée de questions sur Cesare et ses derniers projets commerciaux. Comme si elle allait le trahir !

Elle avait prétendu ne rien savoir, ce qui avait mis Fausto hors de lui. Pour la première fois, elle l'avait vu inquiet. Il avait mentionné qu'on s'immisçait dans ses affaires. Que sa sécurité avait été déjouée. Ida avait repris espoir. Il ignorait que ce n'était pas seulement Cesare qui enquêtait sur lui, mais aussi la police de plusieurs pays. Son arrestation était-elle imminente ? Cesare le pensait.

Pour finir, Fausto l'avait poussée dans un accès de rage et elle était tombée. Voilà qui expliquait la douleur. Sa tête avait dû heurter le sol. Pendant qu'elle était inconsciente, quelqu'un – sans doute Bruno – l'avait ligotée et bâillonnée. Pourquoi ? Son grand-père avait sûrement renforcé la sécurité afin qu'elle ne s'échappe pas.

Alors qu'elle s'obligeait à réfléchir posément, un bruit de voix lui parvint. Ou était-ce son imagination ? Impossible d'enlever son bâillon avec les mains liées dans le dos. Alors elle roula en avant et, à force de contorsions, parvint à se mettre à genoux. La tête lui tourna. Mais plus aucun doute : des voix masculines résonnaient dans la pièce d'à côté. Les battements de son cœur s'accélérèrent. Ce timbre profond…

Était-ce Cesare ?

Elle inspecta le salon. Il y avait un canapé, ainsi qu'une table basse avec un verre à pied posé dessus. S'approchant tant bien que mal sur ses genoux, elle attrapa le verre entre ses mains entravées. La discussion se poursuivait derrière la porte. Pourvu qu'il ne s'agisse pas de Bruno parlant avec son grand-père, mais de quelqu'un à même de l'aider ! Elle devait à tout prix prévenir Cesare qu'il était en danger.

— Tu as toujours été têtu, Brunetti. Comme ton grand-père.

Calogero secoua la tête.

— Pourquoi kidnapperais-je ta femme ? Je n'y peux rien si tu ne la rends pas heureuse.

Ses yeux prirent un éclat sardonique.

— Tu t'es déjà ridiculisé en la faisant fuir une fois. Mais deux fois…

Cesare serra les dents. Sous ses airs posés tempêtaient des émotions d'une rare violence. Mais il ne devait pas se laisser submerger.

— Bien sûr, je l'accueillerai à bras ouverts si elle cherche refuge auprès de sa famille. J'ose espérer que tu ne l'as pas maltraitée.

Surtout, ne pas réagir à la provocation. Si quelqu'un avait maltraité Ida, ce n'était pas lui. Il jeta un regard vers l'homme debout dans un coin derrière Calogero. Bruno ressemblait en tout point à la description faite par la jeune femme. Imaginer Ida à la merci de ce gorille lui donnait des envies de meurtre.

— Ida a été vue quittant ma propriété avec cet homme, dit Cesare en indiquant Bruno du menton.

— Je suis stupéfait de l'apprendre.

Calogero se tourna vers son sbire.

— Qu'as-tu à répondre, Bruno ?

L'homme de main soutint le regard de Cesare, un sourire narquois aux lèvres.

— Ce doit être une erreur. Je ne l'ai plus revue depuis des années.

Cesare se retint d'aller lui coller son poing dans la figure. Calogero appellerait des renforts et il serait maîtrisé avant d'avoir pu localiser Ida. Angoisse et frustration lui tordaient les entrailles. Et s'il arrivait trop tard ? *Reste calme.* Trahir son état d'esprit serait contre-productif. Calogero excellait dans l'art d'exploiter les points faibles de ses adversaires.

— Eh bien, tant pis, dit-il avec un haussement d'épaules. J'avais une proposition pour vous. Mais si vous ne savez rien… Je ne vais pas vous importuner plus longtemps.

— Quelle proposition ?

Calogero était peut-être un stratège rusé, mais il ne serait jamais un bon joueur de poker. Il se pencha en avant, ses yeux chassieux brillant d'avidité. C'est tout juste s'il ne salivait pas !

Cesare lui opposa un silence calculé.

— Tu veux la punir, n'est-ce pas ? C'est pour cela que tu la cherches.

Le sourire approbateur du vieil homme le dégoûta.

— C'est normal. Un homme digne de ce nom doit se faire respecter.

Le respect ne s'obtient pas par la brutalité. Cesare garda son opinion pour lui. L'enjeu était trop important.

— Puisque vous ignorez où elle est, cette discussion n'a pas lieu d'être. Si elle vous contacte, appelez-moi.

Il fit mine de s'en aller. Son cœur cognait à tout rompre. Si sa tactique échouait…

— Qui sait ? Peut-être suis-je à même de t'aider, lança Calogero dans son dos. Que proposes-tu ?

Lentement, Cesare se retourna. Il sortit de sa poche le document rédigé à contrecœur par son avocat pendant que Lorenzo s'affairait à identifier cette adresse. Il le jeta sur le bureau et Calogero s'en empara aussitôt. Les yeux du vieil homme s'agrandirent au fur et à mesure de sa lecture. Pour finir, il se laissa aller contre le dossier de son fauteuil.

— Ce n'est pas un contrat. Juste un protocole d'accord. Cela n'a aucune valeur légale.

— Mon équipe juridique s'occupe d'établir le contrat définitif en ce moment même, précisa Cesare.

Il consulta sa montre. Combien de temps avant que la police n'arrive ?

— En attendant, je tenais à vous prouver ma bonne foi.

Calogero garda le silence. Cesare pouvait presque voir les rouages de son cerveau tourner à plein régime.

— Bien sûr, l'offre n'est valable qu'en échange de Ida. Mais si vous ignorez où elle se trouve…

Les lèvres de Calogero se retroussèrent sur ses dents jaunies.

— Cela peut s'arranger. C'est normal de se rendre service entre vieux amis.

Vieux amis ? Cesare masqua son mépris derrière un haussement de sourcils.

— Je vous écoute.

— Si je trouve la fille et fais en sorte de te la ramener…

— Non. Je la veux maintenant.

Il sortit un stylo de sa poche et approcha du bureau. Calogero s'humecta les lèvres. Le vieux brigand était cupide. Il voulait le contrat, mais aussi Ida. C'en était trop. Le besoin de la retrouver saine et sauve au plus vite surpassait tout le reste. Cesare se penchait vers son ennemi quand un vacarme le fit sursauter. Une porte sur sa gauche venait de s'ouvrir violemment en claquant contre le mur.

— Ida !

La jeune femme était échevelée et d'une pâleur à faire peur. Les marques violacées autour de ses poignets lui firent voir rouge. Bon sang, que lui avaient-ils fait ?

— Ne signe pas ! s'écria-t-elle. Ne leur donne rien !

Cesare s'élança vers elle. Bruno fut plus rapide et empoigna Ida par les épaules en la poussant vers la porte. Son instinct prit les commandes. Il tira l'homme de main en arrière, parant son attaque grâce à une technique apprise lors de ses années de bénévolat dans les quartiers défavorisés. Il enchaîna avec un coup de pied au genou pour déstabiliser son adversaire, puis une combinaison crochet du gauche et direct du droit qui l'envoya au tapis. Le colosse s'écroula au sol dans un bruit sourd.

Ida vola dans ses bras. Cesare l'examina avec inquiétude. Ses doigts et ses poignets étaient striés de petites coupures sanguinolentes.

— Ida, que t'ont-ils fait ?

La jeune femme enfouit le visage dans sa chemise.

— Tu es là ! Tu es bien là…

— C'est fini, Ida. Tout va bien.

Pour lui aussi, le soulagement était immense. Il avait l'impression d'avoir vieilli de plusieurs décennies en quelques heures. Du coin de l'œil, il vit Calogero décrocher son téléphone. Lâchant brièvement Ida, il bondit vers le bureau et lui arracha l'appareil qu'il jeta à travers la pièce. Le téléphone s'écrasa contre le mur. Cesare tremblait de rage, le poing brandi.

— Tu ne t'en prendrais pas à un vieillard !

Calogero s'était recroquevillé dans son fauteuil. S'il s'était écouté, il l'aurait réduit en miettes. Il voulait qu'il paie. Mais il s'obligea à se maîtriser. Oh ! cette ordure répondrait de ses actes. Devant un tribunal. Cesare ne s'abaisserait pas à son niveau.

Sans quitter son ennemi des yeux, il récupéra le document sur le bureau, le chiffonna et le fourra dans sa poche. Puis il souleva Ida dans ses bras et marcha vers la sortie.

— C'est fini, *cara*. Je suis là.

Un hurlement de sirènes s'éleva de la rue, suivi par des coups insistants à la porte. C'était bel et bien fini. La police était très proche d'arrêter Calogero quand Cesare l'avait appelée. La nouvelle du kidnapping avait enfoncé le clou.

Il descendit l'escalier, Ida précieusement serrée contre lui. Au rez-de-chaussée, plusieurs hommes de Calogero surgirent. Mais ils ne firent rien pour les arrêter, plus inquiets de leur propre sort face à l'intervention imminente de la police.

La porte d'entrée s'ouvrit tout grand.

Au milieu du chaos général, Cesare franchit le seuil sans un regard en arrière.

Ida s'était vu administrer un antidouleur. On avait examiné sa tête et soigné les entailles qu'elle s'était faites en coupant ses liens avec un morceau de verre. Cesare ne l'avait pas quittée une seconde. Il était resté avec elle dans l'ambulance et l'avait tenue dans ses bras jusqu'à ce qu'elle cesse de trembler.

Il l'avait sauvée quand elle avait cru tout espoir perdu. Le son de sa voix avait été son phare dans la tempête. Quel bonheur de le voir en titubant dans cette pièce ! Grâce à lui, elle était enfin libérée de son grand-père et de Bruno, les deux hommes qui la terrorisaient depuis si longtemps. Il avait même insisté pour que la police l'interroge plus tard, avant de draper sa veste autour de ses épaules et la ramener à la villa.

Mais depuis, il n'avait plus décroché un mot. Il fuyait son regard comme s'il ne supportait pas de poser les yeux sur elle. Elle ignorait ce que son grand-père lui avait raconté.

Mais il devait savoir qu'elle l'avait rejoint d'elle-même. Les croyait-il complices, avant que Fausto ne se retourne contre elle pour Dieu sait quelle raison ?

Cesare était un homme profondément méfiant. Surtout envers la famille Calogero. La gent féminine aussi. S'il jugeait son père faible, il méprisait tout autant les femmes vénales qui l'avaient séduit. Était-ce ainsi qu'il la voyait ? Comme une aventurière prête à tout pour s'octroyer une part du gâteau ? Rien n'avait donc changé depuis leur première rencontre ?

Ces dernières semaines, son amour pour lui n'avait fait que grandir. Parfois, le bonheur lui avait paru à portée de main. Cesare n'avait-il pas commencé à lui ouvrir son cœur à sa façon ? Mais peut-être se faisait-elle des idées. Peut-être avait-elle confondu passion charnelle et sentiments plus profonds. Cesare n'avait plus rien de l'amant attentionné qu'elle connaissait. Il l'avait prévenue : leur relation n'avait pas vocation à durer. N'étaient-ils pas en plein divorce ? Comment avait-elle pu être aussi stupide ?

Ses paupières la piquaient. Sur le canapé d'en face, Cesare se tenait très raide, le visage fermé. C'était plus qu'elle ne pouvait supporter. Elle but d'une traite le verre d'eau qu'il lui avait apporté et commença à se lever.

— Ida, il faut qu'on parle.

Un froid l'envahit. Elle se laissa retomber sur le sofa et serra sa veste autour de ses épaules.

— Je suis désolée, bredouilla-t-elle. Je n'avais pas le choix.

Les menaces de Fausto résonnaient encore dans sa tête. Les larmes lui montèrent aux yeux. C'était ridicule ! Cesare était là, sain et sauf.

— Ida, s'il te plaît, ne pleure pas.

Il y avait de la tendresse dans sa voix. Ou était-ce juste ce qu'elle voulait entendre ? Ses larmes redoublèrent. À son grand dam, il vint s'asseoir à côté d'elle. Elle chercha un mouchoir dans la poche de sa veste. Ses doigts rencontrèrent un papier chiffonné qu'elle extirpa et se mit à défroisser machinalement. Un mouchoir apparut devant elle. Elle le prit en remerciant Cesare et s'essuya les yeux.

— Pardon, balbutia-t-elle. C'est le contrecoup.

— Ne t'excuse pas. J'avais tort. Laisse-toi aller si cela t'aide à te sentir mieux.

Non, elle préférait en finir au plus vite. Être consolée par l'homme qu'elle aimait en sachant que tout était fini frisait la torture. Il était évident qu'il ne ressentait pas la même chose. Il devait même la mépriser s'il la soupçonnait d'avoir toujours été de mèche avec son grand-père. Cesare l'avait sauvée car c'était un homme bien. Il en aurait fait autant pour n'importe qui.

— J'ai oublié de te remercier, dit-elle en évitant son regard. J'apprécie tout ce que tu as fait pour moi. Dès que la police en aura terminé, je m'en irai.

Son radotage nerveux mourut dans sa gorge comme Cesare posait une main sur son bras.

— Pardonne-moi, Ida. Tu as dû avoir si peur…

— Tu n'as rien à te faire pardonner.

— Si tu t'étais sentie en confiance ici, tu ne serais jamais allée le retrouver. Tu aurais cru en moi.

Ida leva les yeux. Ses traits étaient tirés. Une veine pulsait sur sa tempe, ce qui n'arrivait que lorsqu'il était en proie à une agitation extrême. Se pouvait-il qu'il se sente coupable ?

— Tu n'es pas responsable, Cesare…

— Vraiment ?

Sa main quitta son bras.

— Alors pourquoi ne m'as-tu rien dit ? Je t'aurais protégée. Je pensais que tu le savais. C'est ma faute si tu ne me fais pas confiance. À cause de mes préjugés et de mes erreurs passées.

Il tira sur son col comme s'il étouffait.

— Je n'ai pas su être là pour toi.

Ida n'en croyait pas ses oreilles. Il n'était pas furieux contre elle, mais contre lui-même pour avoir échoué à la protéger ?

— Comment t'a-t-il forcée à partir sans m'en parler, Ida ? Quel moyen de pression a-t-il utilisé ?

— Alors tu ne crois pas que j'étais sa complice ?

Il fronça les sourcils.

— Pourquoi croirais-je cela ? Cet homme te terrifie. Tu es une victime, gronda-t-il avec un regard vers ses mains bandées.

C'était si inattendu… Cesare, qui n'avait autrefois que mépris et méfiance pour elle, la croyait sans poser de questions. Comme si le passé ne comptait plus. Une rafale d'émotions l'assaillit. Elle avait envie de rire et pleurer à la fois. Il prit ses mains dans les siennes avec une douceur qui la bouleversa.

— Tu es en sécurité, désormais. Il ne peut plus te faire mal, assura-t-il. Avec toutes les preuves accumulées contre lui en Italie et en Angleterre, il ne risque pas d'être relâché sur caution. Il va passer le reste de sa vie à l'ombre.

Ida avait l'impression que son cœur allait éclater.

— Alors… Tu as confiance en moi ? murmura-t-elle.

Pendant si longtemps, elle s'était débattue entre menaces et manipulations, défiance et duplicité. Elle s'était persuadée que les attentions de Cesare n'étaient qu'un corollaire de son désir. Mais ce qu'ils partageaient maintenant était sincère. *Réel.*

— Absolument.

Il porta une de ses mains à ses lèvres.

— Quand j'ai appris que tu étais partie, j'ai cru mourir. J'étais terrifié qu'il te soit arrivé quelque chose.

— Mais j'ai quitté la villa de mon plein gré. Je n'ai pas été kidnappée.

— J'ai vu la vidéo de surveillance. Cela m'a anéanti, admit Cesare. Tout indiquait que tu m'avais dupé.

Ida voulut retirer sa main. Il la retint avec force.

— Mais mon cœur, lui, ne s'y est pas trompé. Il savait que tu devais avoir agi sous la contrainte. Comment s'y est-il pris, Ida ? A-t-il menacé ta cousine en Écosse ?

Son inquiétude l'émut au plus profond d'elle-même. Comment avait-elle pu douter de lui une seule seconde ? Les larmes jaillirent de ses yeux. Des larmes de joie, cette fois.

— Nous parlerons plus tard. Tu as besoin de repos…

— Non ! J'ai besoin de toi, Cesare. Toi et personne d'autre.

À son tour, elle lui prit la main et y déposa un baiser.

— Il a menacé de te faire avoir un accident sur la route de Florence, répondit-elle. Il m'a dit que j'étais surveillée et que si je tentais de prévenir quelqu'un, c'est toi qui paierais. Je l'ai cru.

Il y eut un long silence, seulement troublé par la respiration hachée de Cesare. Lorsqu'il reprit la parole, sa voix était grave, plus encore que d'habitude.

— Tu as foncé tête baissée vers le danger pour me protéger ?

Ida haussa les épaules.

— Je ne supportais pas l'idée qu'il te fasse du mal.

Il serra ses mains plus fort et les pressa sur sa poitrine, là où battait son cœur.

— Tu es la femme la plus courageuse que je connaisse.

Elle secoua la tête.

— Pas courageuse. Désespérée.

— Non. Tu es une personne remarquable, insista Cesare. Au fond, je l'ai toujours su. Dès le premier jour, quelque chose m'a subjugué chez toi. Mais j'ignorais encore à quelle femme d'exception j'avais affaire. Tu n'as pas hésité à te sacrifier pour moi. Qu'ai-je fait pour mériter une telle loyauté ?

Sa voix chevrotait, à la stupéfaction de Ida.

— Ce que tu as fait ? répéta-t-elle. Tu m'as redonné espoir quand j'en avais le plus besoin. Tu…

Les mots lui manquaient pour exprimer à quel point il avait transformé sa vie. Plus que la sécurité, c'était le bonheur qu'elle avait trouvé auprès de lui. Un bonheur tel qu'elle ne l'aurait jamais cru possible. Il lui avait insufflé la force de ne plus se cacher de son grand-père, mais d'oser s'épanouir et embrasser l'avenir.

Cesare lui caressa la joue.

— Je ne t'ai rien donné que tu ne méritais pas, affirma-t-il. Quand nous nous sommes mariés, je me suis persuadé que ce que j'éprouvais n'était que du désir. Mais je savais déjà que tu étais spéciale. Peut-être est-ce pour cela que j'ai si mal réagi. Je me sentais vulnérable.

Il eut un soupir teinté de regret.

— Apprendre à te connaître m'a fait remettre en question tout ce que je croyais savoir. Sacrifier la passion au devoir, l'amour à la réussite… Rien de tout cela ne me rendait heureux.

Il encadra son visage de ses mains.

— Tu comptes plus que tout pour moi. Je t'aime, Ida.

Le choc dut se lire sur ses traits car ses mains retombèrent aussitôt.

— Trop tôt, je sais. C'était stupide de ma part.

Il se leva abruptement et s'éloigna de plusieurs pas. Son torse se bomba comme il prenait une grande inspiration.

— Je n'ai compris ce que je ressentais qu'aujourd'hui, quand j'ai cru t'avoir perdue. Mais cela peut attendre. Tu dois être fatiguée.

— Non !

Ida n'était pas fatiguée. Au contraire, elle débordait d'énergie.

— C'est juste que je ne m'attendais pas à…

— Je comprends que ce soit difficile à croire, continua Cesare. Après la façon dont je t'ai traitée… J'ai beaucoup à faire pour me racheter.

Il continuait à se flageller pour un passé qui n'avait plus aucune importance. Ida voulut se lever et sentit un papier sur ses genoux. Celui qu'elle avait sorti de la veste de Cesare. Elle l'avait complètement oublié. D'eux-mêmes, ses yeux se mirent à parcourir le document. Son pouls s'accéléra.

— Cesare…

Elle leva la tête, abasourdie. Ces mots noir sur blanc n'avaient aucun sens.

— Tu allais faire cela pour moi ? Tu allais céder à Fausto une part majoritaire de Brunetti Enterprises ?

— Si cela permettait de te ramener…

— Mais c'est l'entreprise de ta famille ! Des générations de Brunetti y ont consacré leur vie. Tu as travaillé si dur pour la faire prospérer !

Elle était aussi vitale pour lui que le sang coulant dans ses veines. Il était fier de son héritage familial et innovait sans cesse pour assurer son succès. Ses employés passaient avant tout. Ce document n'avait-il été qu'une ruse pour flouer son grand-père ? Cela ne semblait pas être le cas.

— Ce n'est plus le plus important à mes yeux.

Le cœur de Ida manqua un battement.

— Bien sûr, je continuerai à tout faire pour la protéger et la rendre florissante, ajouta-t-il. Mais elle n'est pas toute ma vie. Entre te sauver et sauver l'entreprise, la question ne se pose pas.

Il poursuivit sans paraître remarquer dans quel émoi ses mots la plongeaient.

— Quand tu as signé les papiers du divorce, je n'ai pas pu me résoudre à les envoyer à mon avocat. Ils sont toujours dans le tiroir de mon bureau. Sans m'expliquer pourquoi, je n'étais plus prêt à rompre notre mariage. J'avais besoin de comprendre.

Il revint vers elle, avec de nouveau cette veine pulsant sur sa tempe.

— Mes priorités ont changé. Je t'aime, Ida. Alors, si tu veux bien m'accorder une seconde chance…

Cesare laissa sa phrase en suspens. Lui d'ordinaire si sûr de lui se plaçait en retrait. La balle était dans son camp. Il ne lui mettait aucune pression, ni ne cherchait à faire passer ses propres désirs avant les siens. Dire qu'elle l'avait comparé à son grand-père autrefois ! Elle n'aurait pu être plus dans l'erreur.

Elle se leva, et le papier sur ses genoux glissa par terre.

— Tu me fais confiance et me rappelles que je suis digne d'être aimée, murmura-t-elle. Tu n'as pas idée de ce que cela signifie pour moi.

— Si, car je ressens la même chose.

— Je n'ai jamais été aussi heureuse qu'avec toi. Je t'aime, Cesare. Je t'ai toujours aimé, même quand je me convainquais du contraire.

Voilà. C'était dit.

Soudain, elle se retrouva dans ses bras, enlacée dans une tendre étreinte. Les yeux de Cesare luisaient d'émotion.

— Alors tu es prête à courir le risque ?

Elle secoua la tête.

— Non, mon amour.

Quel délice de prononcer enfin ces mots !

— Je crois en toi. En *nous*. S'il y a une chose dont je suis certaine, c'est que toi et moi sommes faits l'un pour l'autre.

Le sourire de Cesare fit fondre son cœur. Et comme les actes valaient mieux que les paroles, il s'empressa de lui en donner la plus langoureuse des confirmations.

Épilogue

— T'ai-je dit combien tu étais resplendissante, *tesoro* ?

Dans le miroir en pied, Ida vit Cesare s'approcher, sexy en smoking à quelques minutes de l'arrivée de leurs invités. Si cela ne tenait qu'à elle, elle lui arracherait ses vêtements et se jetterait sur lui. À en croire son sourire en coin, il ne serait pas contre. Rien d'étonnant à cela. Ils vivaient en parfaite symbiose.

Elle lui rendit son sourire.

— Tu l'as peut-être mentionné une ou deux fois… Je ne suis pas sûre d'avoir bien entendu.

Il imprima un baiser sur sa nuque. Un frisson brûlant la parcourut.

— Cette robe te va à ravir. Mais tu es sublime quoi que tu portes…

Ses lèvres s'égarèrent dans son cou.

— Ou même sans rien.

Ida se laisser aller contre lui. Son reflet dans la glace avait les yeux brillants et le visage en feu. Qu'allaient penser leurs invités ? Ils lui sortirent de la tête à la seconde où Cesare posa les mains sur son ventre arrondi. Oublié, le décorateur d'intérieur renommé qui venait de lui offrir un poste à temps partiel. Ou même Kate et Jo qui avaient pris l'avion pour être présentes à leur anniversaire de mariage. Francesco, toujours serviable, avait proposé d'aller les chercher à l'aéroport.

— Es-tu heureux ? demanda-t-elle.

— Plus que je ne saurais l'exprimer.

Dans quelques mois, ils accueilleraient leur premier enfant.

— Tu as changé ma vie. Tu le sais, n'est-ce pas ?

— Tu as changé la mienne aussi.

Et pas seulement en envoyant son grand-père derrière les barreaux.

— Je suis la plus chanceuse des femmes…

— Ce n'est pas de la chance, décréta Cesare. Tu mérites tout le bonheur du monde.

— Toi aussi, mon amour. Aucun homme ne t'arrive à la cheville.

Il la fit pivoter entre ses bras et se pencha vers elle.

— Je viens de mettre mon rouge à lèvres !

Trop tard. Sa bouche couvrit la sienne dans un baiser si enflammé qu'elle ne chercha pas à résister. À peine reculait-il la tête qu'un bruit de moteur se fit entendre dehors.

— Juste le temps de retoucher ton rouge à lèvres, plaisanta-t-il.

Ida inhala le parfum familier de cet homme qu'elle aimait plus que tout.

— Je crois que je vais opter pour un style naturel, ce soir, déclara-t-elle. Dorotea se chargera de leur ouvrir et prendre leurs manteaux.

— Alors cela nous laisse encore quelques minutes…

Il l'attira à lui, pour le plus grand plaisir de Ida.

Ses espoirs lors de leur rencontre s'étaient réalisés. Épouser Cesare était la plus belle chose qui lui soit arrivée.

Retrouvez prochainement,
dans votre collection

AZUR

**La vengeance d'un Espagnol,
de Pippa Roscoe - N°4631**

Emily n'a pas revu Javier Casas depuis qu'elle l'a quitté, six ans plus tôt. C'est donc un choc pour elle d'être appelée au chevet de son époux, blessé au cours d'un accident. Alors que les médecins le disent amnésique et demandent à Emily de prendre soin de lui, elle doute. Ou plutôt, elle *sait* que Javier, fidèle à lui-même, se souvient de tout et ne cherche qu'à la ramener chez lui pour lui rappeler les moments délicieux qu'ils ont partagés avant de se haïr…

**Une servante pour épouse,
de Jackie Ashenden - N°4632**

Prisonnière depuis l'enfance, Rose mène la vie difficile d'une servante. Jusqu'au jour où elle ose demander de l'aide à Ares Aristiades, qui séjourne dans le manoir de son geôlier. Malgré les balafres qui marquent son visage, l'homme d'affaires grec lui inspire confiance… et désir ! Une alchimie d'autant plus troublante qu'Ares la soumet à un pacte dangereux : il rendra sa liberté à Rose si elle l'épouse et lui donne un héritier…

Le play-boy des sables, de Maya Blake - N°4633

Un cauchemar. Pour Javid al-Jukrat, devenir le souverain de Riyaal est inconcevable. Et pourtant, en tant que prince suppléant, il n'a d'autre choix que d'endosser le rôle que le destin lui impose aujourd'hui. Pire encore, il doit renoncer à sa vie de play-boy notoire pour épouser l'innocente Anaïs, avec laquelle il n'a rien en commun. Du moins le croit-il, car dans la chambre à coucher leur mariage de convenance prend soudain une tournure délicieusement passionnée…

L'inconnu des Bahamas, de Cara Colter - N°4634

Depuis qu'elle a été abandonnée devant l'autel, Marlee déteste les mariages. Et ce n'est pas cette noce organisée à Coconut Bay qui la fera changer d'avis. Quoique… Arrivée sur l'île paradisiaque, elle est vite envoûtée par les plages de sable doré, les fleurs multicolores, les cocotiers à perte de vue… et le regard brûlant de Matteo, un inconnu rencontré sous les étoiles. Alors, Marlee s'autorise une liaison aux Bahamas, une parenthèse à savourer contre toute raison…

Mon irrésistible milliardaire, de Lucy King - N°4635

Nick Morgan, le meilleur ami de mon frère, me déteste depuis toujours. Et pourtant, c'est à lui et à ses talents de financier que j'ai décidé de faire appel, quand j'ai brusquement hérité une fortune colossale. C'est ainsi que je me retrouve sur Suza, son île privée au cœur de l'océan Indien. Mon séjour supposé professionnel prend immédiatement une tournure inattendue. Non seulement une tempête tropicale m'oblige à rester auprès de Nick davantage que je ne l'avais imaginé, mais surtout le désir qui nous rapproche est aussi irrépressible que la haine qui nous oppose…

Le jeu d'une princesse, de Jessica Gilmore - N°4636

Sœur cachée d'une princesse, Clem mène une vie tranquille en Cornouailles. Jusqu'au jour où sa chère Arrosa lui rend visite, afin de lui annoncer le mariage arrangé auquel elle consentira bientôt. Touchée par sa détresse, Clem lui propose d'échanger leurs vies durant l'été. Arrosa se reposera au village, tandis qu'elle prendra sa place au palais. Un jeu de rôle simple et innocent en apparence, du moins Clem le croit-elle. Car elle ne tarde pas à être démasquée par Akil, le sublime vicomte d'Ortiz, le promis de sa sœur…

Nuits volées avec un roi, de Sharon Kendrick - N°4637

Rosie n'est pas de sang royal, elle n'a même pas le sang bleu. Elle n'est ni riche ni célèbre. Et pourtant, elle a grandi en rêvant que Corso, le prince héritier du trône de Monterosso, voie en elle autre chose que la gentille fille d'un domestique. Or voilà que, devenus adultes, tous deux se retrouvent pour une tournée internationale. Entre Londres, Paris et New-York, Rosie succombe à une passion interdite entre les bras de l'homme qu'elle aime, tout en sachant que bientôt il devra choisir parmi l'élite sa reine…

Le fruit du hasard, d'Emmy Grayson - N°4638

SÉRIE : *LES FRÈRES CABRERA* - 2/3

Organisatrice d'événements ultra-efficace, Calandra ne laisse rien au hasard. Jusqu'à sa rencontre avec Alejandro Cabrera, directeur d'une compagnie maritime et grand séducteur. Cet homme insupportable a beau être son exact opposé, il l'attire dangereusement. Au point qu'elle perd la raison entre ses bras, au cours d'une nuit passionnée. Le réveil est brutal pour Calandra, hélas ! Bientôt, en effet, elle se découvre enceinte de son amant…

Les vœux de Nikolaï, de Lucy Monroe - N°4639

SÉRIE : *DÉCRET ROYAL* - 1/3

Lorsqu'elle n'était qu'une adolescente naïve, Lady Nataliya a signé un contrat stipulant qu'elle convolerait un jour avec le prince de Mirrus. Aujourd'hui pressée de se libérer de ce piège matrimonial, elle vend à un journal le récit scandaleux de ses cinquante rendez-vous amoureux ! Sa stratégie fonctionne à merveille : son promis, furieux d'être ridiculisé, rompt leurs vœux. Hélas, le frère de ce dernier – le roi Nikolaï en personne – exige de Nataliya qu'elle respecte l'accord originel en l'épousant à la place !

Tendre scandale, de Dani Collins - N°4640

SÉRIE : *QUATRE MARIAGES ET UN BÉBÉ* - 1/4

C'est une habitude chez Hunter : il s'attend toujours au pire. Pourtant, rien ne l'avait préparé au scandale qui s'abat sur lui le jour même de ses noces. Alors qu'il se trouve au côté de sa future épouse, une riche héritière qui devrait l'aider à établir sa respectabilité, voilà que le mariage est interrompu par une autre femme. La douce Amelia, avec laquelle il a passé une nuit enivrante un an plus tôt, a fait irruption dans l'assistance avec un bébé dans les bras ! Une petite fille qui ressemble étrangement à Hunter…

Un bébé venu de Grèce, de Melanie Milburne - N°4641

Lorsqu'elle se découvre enceinte, Emily est bouleversée. Et dire qu'il lui a suffi d'une seule nuit d'amour pour en arriver là… Hélas, si l'idée d'être mère l'emplit d'émotion, elle sait que la situation est loin d'être idyllique. Car le père de son enfant n'est autre que Loukas Kyprianos, un milliardaire grec qui ne lui a plus donné de nouvelles après leur folle étreinte. Comment réagira cet homme réfractaire à tout engagement, quand elle lui révélera qu'ils sont désormais liés à jamais ?